dtv

premium

Luo Lingyuan

Nachtschwimmen im Rhein

Fünf Erzählungen
aus dem Chinesischen von Axel Kassing

Mit einem Nachwort der Autorin

Deutscher Taschenbuch Verlag

Von Luo Lingyuan
sind im Deutschen Taschenbuch Verlag erschienen:
Du fliegst jetzt für meinen Sohn
aus dem fünften Stock! (24451)
Die chinesische Delegation (24565)

FSC
Mix
Produktgruppe aus vorbildlich
bewirtschafteten Wäldern und
anderen kontrollierten Herkünften

Zert.-Nr. GFA-COC-1298
www.fsc.org

Der Inhalt dieses Buches wurde auf einem nach den
Richtlinien des Forest Stewardship Council zertifizierten
Papier der Papierfabrik Munkedal gedruckt.

Originalausgabe
April 2008
Deutscher Taschenbuch Verlag GmbH & Co. KG,
München
www.dtv.de

Umschlagkonzept: Balk & Brumshagen
Umschlaggestaltung: Stephanie Weischer
unter Verwendung eines Fotos von gettyimages/Masaaki Toyoura
Satz: Greiner & Reichel, Köln
Gesetzt aus der Sabon 10,75/13,5
Druck und Bindung: Kösel, Krugzell
Gedruckt auf säurefreiem, chlorfrei gebleichtem Papier
Printed in Germany · ISBN 978-3-423-24629-3

Inhaltsverzeichnis

Die vorliegenden Erzählungen beruhen auf freier Erfindung.
Jede Ähnlichkeit mit lebenden oder toten Personen wäre rein zufällig.

Die Zunge, auf der schwarzes Haar wuchert

He Xue nimmt Schale und Stäbchen und beginnt mit dem Abendessen. Professor Stille kommt aus seinem Privatlabor, begibt sich gemessenen Schrittes zum Kühlschrank und gießt sich ein Bier ein. Dann setzt er sich He Xue schräg gegenüber, wie jemand, der gerade von der Arbeit kommt. Er sagt kein Wort, nimmt einen Schluck Bier und zündet sich eine Zigarette an.

He Xue begegnet ihrem Vermieter nur selten. Allenfalls in der gemeinschaftlich genutzten Küche trifft sie ihn manchmal überraschend. Wenn sie sich sehen, nicken sie sich kurz zu und gehen ihrer Wege. He Xue hält den Professor für eine Spur arrogant und vermeidet es, ihm zu nahe zu kommen. Als sie gerade eingezogen war, hat sie mal den Versuch unternommen, mit ihm ein Gespräch anzufangen, ist aber kläglich an seiner eisigen Miene gescheitert. Seitdem hält He Xue sich zurück. Wenn sie ihm über den Weg läuft, ignoriert er sie völlig, und einmal, als sie im Garten saß und eins ihrer Lehrbücher las, fing er sogar an den Rasen zu mähen, als wolle er sie mit dem Getöse vertreiben.

Deshalb hat sie auch jetzt nur den Kopf ein wenig zur Seite gedreht, als der Professor hereinkam. Die Labortür ist stets fest verschlossen, und He Xue weiß oft gar nicht, ob der Professor im Haus ist. Wie auch immer, sie findet, dass es ihr ganz gleich sein kann, ob sich der Professor in seinem geheimnisvollen Labor oder in Honolulu aufhält. Solange sie pünktlich ihre Miete zahlen kann, macht sie einfach die Tür hinter sich zu und lebt ihr eigenes Leben.

Als der Professor heute plötzlich am Küchentisch Platz nimmt, kommt ihr das nicht ganz geheuer vor. Vorsichtig hebt sie die Augen über den Rand ihrer Schale und wirft einen raschen, verstohlenen Blick auf ihr Gegenüber. Sie kann in seinem Gesicht nichts anderes als Müdigkeit und struppigen Bartwuchs erkennen. Zeichen irgendeiner Veränderung gibt es nicht, und so senkt sie ihren Blick wieder, kaut selbstvergessen ihr Essen wie eine hungrige Maus. Der Professor stößt mit geschlossenen Augen einige Qualmwolken aus. Um dem Rauch auszuweichen, dreht He Xue sich unauffällig zur Seite.

»Wissen Sie, diese Walpurgisnacht ... Wissen Sie, was damit los ist?« Um die zunehmend bleierne Stille zu durchbrechen, stellt He Xue eine Frage. Sie ist jetzt schon zwei Jahre in Berlin, aber sie stockt beim Sprechen doch häufig, weil ihr manche deutschen Wörter einfach nicht einfallen wollen.

»Die Walpurgisnacht?« Stille zieht die Augenbrauen hoch. Dann senkt er eins seiner Lider, so dass nur eins seiner schwarzen Augen geöffnet ist, als er ihre Frage beantwortet: »Das ist morgen Abend. Die Nacht auf den 1. Mai ist die Walpurgisnacht, Goethe hat sie in seinem ›Faust‹ beschrieben. Da ziehen die Hexen alle auf einen Berg und tanzen dort wie entfesselt. Weshalb interessieren Sie sich denn dafür?«

»Regina sagt, morgen Abend es gibt eine Party, alle sind Frauen, es gibt keinen einzigen Mann. Sie bittet mich, auch zu gehen«, sagt He Xue. Sie stottert in keiner Weise und wiederholt sich auch nicht. Aber ihre Art zu sprechen macht es anderen nicht leicht, ihr länger zuzuhören.

Regina ist eine weitere Untermieterin des Professors. Seit sein Sohn an eine westdeutsche Uni gegangen ist und seine Frau ihn verlassen hat, bewohnt der Professor nur noch den unteren Teil seiner Villa. Die Dienstbotenzimmer im Dachgeschoss hat er an Studenten und andere junge Leute vermietet.

Der Professor zündet sich eine neue Zigarette an. Seine Haare sind grau gesprenkelt, aber seine Schläfenhaare, die bis in den etwas struppigen Bart hineinreichen, sind schon fast weiß. »Die Walpurgisnacht ist etwas für Hexen und Frauen, die gern Hexen wären. So eine Party wird Ihnen bestimmt nicht gefallen«, sagt er gleichmütig.

He Xue hebt den Kopf, ihr Gesicht ist ein einziges Fragezeichen.

»Heute gibt es natürlich keine Hexen mehr. Die Leute jedoch, die diese Partys besuchen, haben den Kopf voll von Hexenwahn und spielen an diesem Abend alle Hexen. Aber Sie haben ja nicht die geringste Vorstellung davon, worum es bei diesem Hexenkram geht. Sie sind ein unschuldiges weißes Häschen. Sie können ja manchmal nicht einmal Ihre eigene Rolle spielen, geschweige denn die einer Hexe. Wie wollen Sie sich da auf solch einer Party wohl fühlen?«, sagt der Professor und stößt eine weitere Rauchwolke aus.

He Xue schiebt sich den letzten Reis in den Mund

und kaut nachdenklich auf den Körnern herum. In diesem Augenblick dreht sich ein Schlüssel im Schloss, die Haustür geht auf und Regina kommt durch den Flur. Als sie He Xue und den Professor in der Küche sieht, wirft sie He Xue verblüfft einen Blick zu, grüßt die beiden und stürmt dann die Treppe hinauf.

Draußen ist es noch ziemlich kalt und He Xue muss immer einen dicken Pullover anziehen, wenn sie aus dem Haus geht. Regina dagegen ist sommerlich angezogen, trägt oben nur eine durchsichtige dünne Bluse und unten einen schmalen Chiffonrock. Sie gleicht einem glänzenden Glühwürmchen und veranlasst die beiden Personen am Küchentisch, ihr mit den Augen nach oben zu folgen.

Regina scheint zu spüren, dass sie von hinten beobachtet wird. So werden ihre Schritte beim Treppensteigen zunehmend energischer und ihr Hinterteil schwingt bei jeder Drehung noch ausgreifender. Als ihre Schritte verklungen sind, klebt der Blick des Professors immer noch an der Treppenbiegung, wo der wackelnde Hintern verschwunden ist.

»Wenn ich das wäre, mir würde alles gefrieren. Wirklich, wie kommt es, dass hier die Frauen alle, wieso haben sie keine Angst vor der Kälte?« He Xue streicht mit der Hand über ihren dicken Pullover, während sie an die Decke starrt, als sei ihr nach Reginas Auftritt noch kälter geworden.

Professor Stille hat seinen Kopf gewendet und blickt hinaus in den Garten, den die Sonne in rotes Licht taucht. Der frisch gemähte Rasen sieht aus, als hätte ein ungeschickter Lehrling versucht, seinem Kumpel die Haare zu schneiden. Die ungleichmäßig hoch geschnittenen Stellen bilden von Norden nach Süden laufende Streifen. Am Rand des Rasens und unter der Birke blühen ein paar gelbe Narzissen. Doch der Professor sieht davon nichts. Sein Blick konzentriert sich ganz auf die untergehende Sonne.

»Ah, was haben Sie gerade gesagt?«, fragt er.

»Ich habe nichts gesagt.« He Xue reibt nervös ihren Handrücken. Sie zieht die kleine Brust ein und senkt den Kopf, die Hände wandern zur Hosennaht. Bei ihren wenigen deutschen Bekannten löst es immer ein Gefühl der Beklemmung aus, wenn sie so dasitzt. Obwohl sie erst Anfang zwanzig ist, lassen ihr kurzes, ein wenig männlich wirkendes Haar und ihr ständiges Ausweichen vor den Blicken anderer sie sehr viel älter erscheinen.

»Ich habe wieder an meine Experimente gedacht.« Der Professor sieht plötzlich ganz anders aus. Er scheint fast zu lächeln. »Es gibt da eine Transformation, die mir nie gelingen will. Jeden Tag träume ich von ihr und gerade hatte ich eine neue Idee.«

He Xue steht auf und räumt das von ihr benutzte Geschirr ab. Da sie alleine gegessen hat – eine Schale für den Reis, eine für das Gemüse –, ist alles im Nu gespült. Während sie behutsam Schalen und Essstäbchen abtrocknet, sagt sie: »Ich störe Sie jetzt nicht länger.« Dann wischt sie schweigend den Tisch ab.

Sie scheint ziemlich lange dafür zu brauchen, obwohl die Platte blitzblank ist und glänzt wie ein Spiegel. Nicht der kleinste Fleck ist darauf zu sehen.

»Kommen Sie, ich werde Ihnen ein Experiment zeigen.« In einem Zug trinkt der Professor das restliche Bier aus, drückt die Zigarette im Aschbecher aus, steht auf und geht in Richtung Labor. He Xue zieht den Kopf ein und folgt ihm zögernd nach unten.

Sie wohnt schon über ein halbes Jahr in diesem Haus, aber der Professor hat sie noch nie eingeladen, sein Labor zu betreten. Als sie die Tür durchschreitet, wird sie durch den Anblick eines großen, zwei Handspannen dicken Glaszylinders erschreckt, der mit sandkornähnlichen braunen Teilchen gefüllt ist, die unablässig auf- und niedersteigen. Die Bewegung ist vollkommen unregelmäßig, scheint aber trotzdem einer geheimnisvollen Ordnung zu folgen.

»Geben Sie mir bitte eins Ihrer Haare«, sagt der Professor und klopft der jungen Frau auf die Schulter, um sie aus ihrer Erstarrung zu wecken.

He Xue läuft ein Schauder über den Rücken. Dann fasst sie hinters Ohr und reißt sich gehorsam ein Haar aus. Es ist ungefähr fingerlang.

Der Professor nimmt es ihr aus der Hand und steckt es in ein Reagenzglas. Dann geht er weiter in den Raum hinein, tritt vor ein Gefäß mit einer blauen, durchsichtigen Flüssigkeit und füllt einen Teil davon in das Reagenzglas. Das eben noch tiefschwarze Haar verliert seine Farbe. Erst wird es grau, dann weiß, und dann löst es sich vollkommen auf.

»Dieses Experiment überrascht Sie überhaupt nicht«, sagt der Professor. »Das sehe ich Ihnen an. Bitte geben Sie mir jetzt ein weiteres Haar.«

He Xue reißt sich folgsam ein weiteres Haar aus und reicht es ihm mit zwei spitzen Fingern.

Der Professor nimmt das Reagenzglas und geht in eine andere Ecke. Die blau schimmernde Flüssigkeit mit dem aufgelösten Haar gießt er in einen offenen Behälter mit einer farblosen Lösung, dann taucht er das zweite Haar von He Xue vorsichtig mit der Spitze hinein. Es knistert leise wie bei einer elektrischen Reaktion. Nach kurzer Zeit beginnt das Haar in der Flüssigkeit zu wachsen und ist nach einer Weile zweimal so lang wie vorher.

He Xue sperrt Mund und Nase auf: »Dieses Haar gerade, ist so gewachsen, dass es jetzt so lang ist?«

Der Professor sieht sie so anerkennend an, als sei sie seine Lieblingsstudentin. »Richtig, das aufgelöste Haar hat sich wieder zusammengefunden und sich an das zweite Haar angeschlossen.«

Mit weit aufgerissenen Augen blickt He Xue auf den Mund des Professors. Sie hat plötzlich den Eindruck, hinter seinen blitzenden Zähnen könnten schrecklich Dinge versteckt sein. Eine ungebetene Erinnerung steigt in ihr auf. Ohne zu wissen warum, muss sie daran denken, wie die Menschen in ihrer Heimat den geschlachteten Schweinen die Borsten abschaben.

Sie ist nicht oft dabei gewesen, aber die wenigen Male waren schon schrecklich genug. Sie erinnert sich noch gut, wie die schwarz und weiß durcheinandergewürfelten Borsten in einem Haufen unter dem von der Decke hängenden Schwein lagen. Und sie erinnert sich an den üblen Gestank, der davon ausging.

Augenblicklich hat He Xue das Gefühl, aus einer verborgenen Ecke des Laboratoriums käme ein Haufen Schweineborsten geflogen. Wie kleine Dornen bohren die Borsten sich lautlos in ihre Kopfhaut und verwandeln ihren Hinterkopf im Handumdrehen in einen schmutzigen, stinkenden Schweinehintern. Von panischer Angst erfüllt schützt sie ihren Kopf mit Händen und Ellenbogen. »So … bringen Sie … Schweineborsten und Pferdehaar mit Menschenhaaren zusammen?«

Der Professor lacht zufrieden: »Ich habe gleich gewusst, dass Sie mein Experiment verstehen würden. Sie müssen wissen, ich kann auch auf der blanken Erde Haare wachsen lassen. Auch dort, wo nicht einmal Gras wächst. Mit Haaren bedeckte Erde – so etwas haben Sie noch nicht mal im Traum gesehen, nicht wahr? Aber ich kann das.« Er lacht erneut schallend, als stünde er auf dem Gipfel des Olymps und wäre der blitzeschleudernde, donnerliebende Zeus.

He Xue ist sich nicht sicher, was mit ihrem Hinterkopf ist. Sind ihre Haare nicht tatsächlich schon struppig und borstig geworden? Sie braucht jetzt dringend einen Ort, an dem sie sich verstecken kann. Sie feuchtet mit der Zunge ihre Lippen an und bewegt sich unauffällig zur Tür: »Ah, in meiner Kehle, ich glaube, da klebt etwas Staub.«

Sie führt ihre Hände schützend zum Hals. »Ich muss einen Schluck Wasser trinken.« Während zwei unnatürliche Laute aus ihrer Brust dringen, flieht sie die Treppe hinauf, rennt in die Küche, füllt ein Glas mit Leitungswasser und stürzt es gurgelnd hinunter.

»Was da in Ihrer Kehle klebt, ist sicher das Haar, das wir gerade gezüchtet haben«, sagt der Professor, der ihr in aller Ruhe gefolgt ist. »Lassen Sie mich lieber mal nachsehen.«

»Nein, nein, es geht schon«, sagt He Xue hastig und presst entschieden die Lippen zusammen.

Der Professor wechselt in einen fürsorglichen Ton: »Ihr Gesicht ist ja ganz bleich, ich habe Sie doch wohl nicht erschreckt?«

»Ach, nein. Ich habe nur heute den ganzen Tag lang Pralinen verpackt, bin ein bisschen müde, gerade, plötzlich war ich ein wenig aufgeregt. Morgen, ich muss noch arbeiten gehen, ich gehe, ausruhen.« He Xue geht rückwärts aus der Küche hinaus und rennt fast die Treppe hinauf.

»Fräulein He«, ruft der Professor hinter ihr her, »wenn Sie morgen wirklich an den Feiern der Walpurgisnacht teilnehmen, rufen Sie mich einfach an, wenn Sie nach Haus möchten. Ich hole Sie ab. Wenn Sie bis tief in die Nacht hinein tanzen, werden Sie bestimmt müde.«

»Danke«, sagt He Xue überrascht und bleibt einen Augenblick stehen. Sie hat bisher erst zweimal in seinem Auto gesessen. Beide Male haben sie zufällig zur gleichen Zeit das Haus verlassen und der Professor hat sie ein Stück mitgenommen.

»Also abgemacht, morgen Nacht, egal wie spät es ist, warte ich auf Ihren Anruf.«

»Vielen Dank«, sagt He Xue. Sie kann sich nicht erinnern, dass jemand in China einmal so nett zu ihr gewesen wäre.

Sie geht leise nach oben und klopft bei Regina. Sie hört ein unbestimmtes Geräusch und öffnet die Tür. Sie will gerade den ersten Schritt ins Zimmer ihrer Nachbarin machen, da zieht sie ihren Fuß auch schon wieder zurück. Regina steht vorgebeugt vor dem Spiegel und rasiert sich mit einem kleinen Rasierapparat die Beine. Ihre einzige Bekleidung ist einer dieser erotischen Tangas. Da ihr Hintern recht üppig ist, sitzt der Tanga eingezwängt wie eine dicke Nudel zwischen den fleischigen Hinterbacken. Auf der linken der beiden wohlgeformten Halbkugeln erblickt He Xue eine prächtige rote Pfingstrosenblüte, so schön, dass einem das Herz herausspringen könnte. Noch nie hat He Xue eine Frau gesehen, die so speziell tätowiert war.

»Hör mal, Xue, dummerweise ist meine Freundin heute nicht in den Laden gekommen, aber ich habe mit ihr abgemacht, dass sie die Kostüme morgen direkt mit zur Party bringt. Wir müssen uns dann eben gleich an Ort und Stelle verkleiden, okay?« Regina jobbt derzeit in einer teuren Boutique am Kurfürstendamm. Ihre freche Frisur und das in alle Richtungen blitzende Augenbrauen-Piercing verleihen ihr ein äußerst modisch-dämonisches Aussehen.

»Oh!«, antwortet He Xue und steht immer noch wie angewurzelt an der Tür.

»Was schaust du denn so?«, fragt Regina. »Ach so, mein *tattoo*! Gut, ne? Komm rein und sieh es dir an! Bei Männern sag ich immer: Nur gucken, nicht anfassen. Aber du darfst es gern anfassen, ist doch nichts dabei.« Als sie Xues Gesicht sieht, muss sie laut lachen. »Na, komm! Trau dich!«

He Xue wird über beide Ohren rot: »Keine Zeit, keine Zeit, ich muss noch etwas vorbereiten ...« Sie schließt die Tür und rennt hastig davon.

Aber das Bild der roten Pfingstrosenblüte hat sich tief eingeprägt. Den ganzen Abend schwebt es He Xue vor Augen. Auch als sie längst in ihrem eigenen Zimmer sitzt. Überraschend wird ihr klar, dass die Pfingstrose, die auf Reginas Hintern wächst, die schönste Blume ist, die sie je gesehen hat. Angestrengt überlegt sie, unter welchem Vorwand sie noch einmal zu Regina gehen und sich die Blume genauer ansehen könnte.

Endlich fällt ihr etwas ein. Sie wird sich Zahnpasta leihen! Aber als sie sich gegen acht endlich auf den Korridor raustraut, hört sie Regina nur noch »klack, klack« die Treppe hinunterrennen. Wenn sie so spät abends noch ausgeht, kann das nur eins bedeuten: Regina übernachtet wieder mal außer Haus. In letzter Zeit kommt das öfter vor.

Am nächsten Tag geht He Xue um sieben Uhr morgens ins Café Nordic zur Arbeit. Ihre Aufgabe ist es, die Frühstücksgedecke aufzulegen. Auf jeden Teller kommen zwei Salatblätter, darauf ein Stück Butter, ein kleines Glas Marmelade, zwei Scheiben Käse, zwei Scheiben Schinken, zwei Scheiben Obst, manchmal noch ein gekochtes Ei. Ihre beiden ersten Arbeitstage waren Dienstag und Mittwoch. Da war das Café ziemlich leer. Heute ist jedoch Samstag und die Frühstücksgäste sind zahlreich. He Xue muss gleichzeitig die Teller vorbereiten und Croissants backen. Sie kommt mit der Arbeit überhaupt nicht mehr hinterher, die Bestellungen kommen obendrein nur so angeflogen. Die Gäste strecken bereits ihre Köpfe zum Küchenfenster herein und fragen, wo denn ihr Frühstück bleibe. »Kommt gleich, kommt gleich«, sagt He Xue, ihre Hände wirbeln geradezu durch die Luft. Ein Kellner kommt herein und teilt ihr mit, dass auf die Teller an Tisch sechzehn zu wenig Aufschnitt gelegt worden sei. Sie solle noch ein Stück Käse und eine Scheibe Schinken dazulegen. Die andere Bedienung verlangt eine Extraportion Honig und Butter. He Xue wirbelt so schnell in der Küche herum, dass ihre Füße schon kaum noch den Boden berühren.

Zwischen zehn und elf ist das Café bis auf den letzten Platz besetzt. Wie ein Schwarm Krähen auf Futtersuche haben die Gäste sämtliche Stühle und Bänke besetzt und krächzen laut durcheinander. Warum tragen die Deutschen bloß alle so gerne Schwarz? Richtig unheimlich ist das! He Xue wächst eine Gänsehaut auf dem Herzen.

Beim Waschen des Salats tropft Wasser zu Boden und bildet kleine Pfützen auf den Fliesen. Aber zum Aufwischen ist keine Zeit. Als ihr Schweiß in die Augen rinnt, wischt ihn He Xue mit dem Handrücken ab, aber der ist auch schon ganz nass. Sie hebt den Teller, will ihn zur Durchreiche bringen und – rutscht in einer der Pfützen aus. Mit einem lauten Aufschrei geht sie zu Boden. Der Teller fliegt ihr aus der Hand und zerschellt an der gekachelten Wand. Als der Chef das laute Klirren vernimmt, kommt er von der Theke herüber und wirft einen wütenden Blick auf die kleine Chinesin, sagt aber nichts, sondern kehrt an die Kaffeemaschine zurück. He Xue schenkt dem Schmerz in ihrem Bein keine Beachtung, fegt die Scherben auf und richtet einen neuen Teller mit Aufschnitt an. Inzwischen kommen schon die ersten schmutzigen Tassen und Teller zurück. Hektisch räumt He Xue das Geschirr in die Spülmaschine. In ihrem Kopf hallt es ständig: »Schnell! Schneller! Noch Schneller!«

Mittags um eins drückt ihr der Chef am Tresen sechzig Mark in die Hand, den Lohn für sechs Stunden. Er sagt: »Sie sind mir zu langsam, Sie brauchen ab jetzt nicht mehr zu kommen.« He Xue sagt kein Wort, lässt den Kopf hängen, schleppt sich mit müden Schritten aus dem Café. Sie hat hier gerade erst drei Tage zur Probe gearbeitet, da wird sie schon vom Chef an die Luft gesetzt.

He Xue studiert Informatik, mit Spezialisierung auf Automatisierungsprogramme für Maschinen. Am Nachmittag hat sie noch ein Seminar, aber sie hat nicht mehr die Energie, in die Uni zu gehen. Sie möchte sich nur noch hinlegen. Sie fährt direkt nach Hause, eine lange Fahrt. In der U-Bahn sprechen die Leute unverständliche Sprachen wie Türkisch, Griechisch, Polnisch und Russisch, nur Chinesisch spricht niemand. He Xue nickt ein. Sie weiß gar nicht mehr, wo ihr Körper ist. Als sie aus der U-Bahn steigt, muss sie noch fünfzehn Minuten laufen, bis sie zu Hause ist. Auf der einen Seite der Allee hängt ein großes Wahlplakat für Gerhard Schröder, auf der gegenüberliegenden Seite ein Plakat für die Wiederwahl des dicken Helmut Kohl. He Xue erinnert sich undeutlich, dass jetzt das Jahr 1998 ist, das dritte Jahr, seit sie nach Deutschland gekommen ist. Mit beinahe geschlossenen Augen taumelt sie nach Hause, legt sich, ohne an ihren Hunger zu denken, gleich angezogen aufs Bett und schläft ein.

Aber Regina hat sie nicht vergessen. Kurz nach acht klopft sie an die Tür, und zwei Stunden später sind sie in einer Privatwohnung in Charlottenburg. Die Wohnung ist riesig, wenn auch ein bisschen heruntergekommen, und es sind schon mindestens fünfzig seltsam ausstaffierte Frauen da. He Xue findet, dass nur einige wenige davon schön aussehen. Zwar gibt es keine alten Weiblein mit krummen Nasen und tückischem Blick, und auch schwarzen Umhänge, spitzen Hüte und Besenstiele sind eher selten, aber die erotischen Verkleidungen der neuen Hexen gefallen He Xue auch nicht so recht. Viele Frauen haben auf merkwürdige Weise die eine Hälfte ihres Gesichtes farbig und die andere mit einer Schlange bemalt. Andere sind beinahe nackt, tragen wilde Masken, bunte Perücken und knappe Kostüme. Eine hat sich die Brüste mit Augen bemalt, die einen andauernd ansehen.

Allen Neuankömmlingen wird als erstes ein Glas mit perlendem Wein in die Hände gedrückt und vor lauter Befangenheit trinkt es He Xue auch gleich aus. Unschlüssig steht sie in der Garderobe. Sie muss daran denken, dass der Professor gesagt hat, sie werde wohl eine solche Party nicht mögen. Sie lässt sich ihr Glas trotzdem erneut füllen. Eigentlich hat sie gar keine Lust, ein Kostüm anzuziehen. Sie kann jedoch Reginas Überredungskünsten nicht widerstehen und streift sich zu guter Letzt ein weites dunkelblaues Kleid über, das sie völlig verhüllt. Um diese Zeit beginnen die Frauen im großen Saal Tango zu tanzen. Da He Xue nicht tanzen kann, lädt sie sich stattdessen einen Teller mit Essen voll, sucht sich eine ruhigere Ecke und sieht den tanzenden Frauen zu. Immer wenn sie in der Menge einen Blick auf Reginas blondes Haar erhascht, bewundert He Xue sie aus tiefstem Herzen. Sie findet, dass sie die schönste Frau der Party ist. Neben ihr stehen zwei Frauen mit prächtigem Kopfschmuck, die schon einiges getrunken haben. He Xue hört, wie die eine sagt: »Unser Chef ist wirklich ein geiler Bock, jetzt treibt er es sogar schon mit der Putzfrau. Hihi, er wurde von seinem Assistenten dabei überrascht. Sein Ding soll so ähnlich wie eine Möhre ausgesehen haben.« Die andere sagt: »Wenn ich das gesehen hätte, hätte ich ihn ordentlich schwitzen lassen. Eine Gehaltserhöhung hätte dabei schon rausspringen müssen. Siehst du die Blonde mit dem Augenbrauen-Piercing? Geil, was? Die heißt Regina. Ich habe gehört, dass sie sich jetzt einen Zahnarzt geangelt hat. Wenn er sie heiratet, ist das wie eine Lebensversicherung. *Wenn* …« Die beiden lachen merkwürdig meckernd und gehen in ein anderes Zimmer, um einen Spiegel zu suchen.

Verblüfft sucht He Xue nach einer Spur ihrer Freundin. Sie weiß, dass Regina ihre Freunde recht häufig wechselt. Aber dass Regina jetzt einen Zahnarzt als Freund hat, das hat sie nie erwähnt. He Xue sieht, dass die Frauen jetzt mit türkischem Bauchtanz beginnen. Auch dabei ist Regina der Star. Sie hat die Arme gehoben, windet sich wie eine Schlange und lacht dabei fröhlich. Sie trägt jetzt ein eng am Körper anliegendes himmelblaues Oberteil und einen langen Rock. Um die Hüften trägt sie einen aus kleinen, miteinander verbundenen Goldplättchen bestehenden Gürtel, so dass der Körper bei jeder Schüttelbewegung ein faszinierendes klirrendes Geräusch von sich gibt. Für He Xue ist ihre Freundin so schön wie eine Prinzessin. Sie verfolgt jede ihrer Bewegungen.

Gegen Mitternacht nehmen die Frauen die bisher noch nicht angezündeten Fackeln, verlassen das Haus und ziehen zum nicht weit entfernten Teufelsberg, wobei sie den ganzen Weg über singen. Der Teufelsberg ragt tatsächlich nicht sehr hoch auf und es gibt dort auch keine Geister. Er ist eigentlich nichts weiter als ein aus Trümmern des Zweiten Weltkriegs aufgeschütteter großer Hügel am westlichen Stadtrand. Aber die Berliner, die immer gern hoch hinauswollen, kommen häufig zum Teufelsberg, um dort spazieren zu gehen und sich an der Größe des grauen Häusermeeres zu freuen.

Nachdem sie eine Weile durch den dunklen Park nach

oben gestiegen sind, erreichen sie schließlich den Gipfel. Es ist schon fast Mitternacht, und auf dem flachen Plateau warten schon zahllose andere Frauen. Die meisten sind ebenfalls kostümiert. Auch aus anderen Richtungen kommen immer noch Scharen von Vermummten heraufgestiegen. Mehr als zweihundert bis dreihundert Frauen jüngeren und mittleren Alters haben sich unter dem düsteren Himmel versammelt.

He Xue schaut sich eine Weile in alle Richtungen um, und als sie den Kopf wieder zurückdreht, ist Regina plötzlich verschwunden. Die junge Chinesin sucht in der nächsten Umgebung, kann ihre Freundin aber nirgends entdecken. Alle drängen sich in der Mitte zusammen, und da He Xue den Grund dafür nicht kennt, zieht sie sich an den Rand des Geschehens zurück.

Genau um Mitternacht fängt eine Frau laut an zu schreien, worauf alle Frauen auf dem Berg mit scharfer Stimme spitze Kriegsschreie ausstoßen. He Xue tritt noch weiter zurück. Die Flammen des Scheiterhaufens im Zentrum des Plateaus lodern plötzlich zum Himmel, alle Frauen heben die Fackeln in ihren Händen und schreiten heulend und johlend im Kreis. Der eben noch finstere Gipfel ist auf einmal von lodernden Feuerpünktchen erhellt und leuchtet weit über die Stadt. Der Teufelsberg ist jetzt ein Flammenberg. Die Frauen schreien mit schrillen Stimmen und umzingeln eine wie verrückt lachende Gruppe. Eine jede von ihnen scheint sich in einen wilden Urwaldmenschen verwandelt zu haben, als hätten alle schon ein ganzes Jahr lang auf dieses verrückte Ereignis gewartet, als sei in dieser Nacht endlich ein Jahr des Frondienstes als normaler und anständiger Mensch zu Ende gegangen.

Inzwischen haben alle wie rasend zu tanzen begonnen. Die Kleider heben und senken sich im Feuerschein, die fliegenden, langen Haare umkreisen die tollen Gesichter der Frauen. Die Szene erweckt den Eindruck, als riefen ungezählte weibliche Teufel eine Katastrophe herbei. He Xue wünscht sich dringend eine Freundin an ihre Seite, am liebsten eine Chinesin, mit der sie reden kann. Dann würde sie jetzt vielleicht nicht so zittern wie bei einem Malariaanfall.

In diesem Moment wird sie von einer besonders aufgeregten Gruppe von Frauen entdeckt. Jemand steckt ihr eine brennende Fackel in die Hand, jemand anderes zerrt sie mit und dann umringen sie alle und schreien mit seltsamen Stimmen. Sie wird in die Mitte genommen und näher zum Feuer geführt. He Xue fällt die Fackel aus der Hand und ihr Hals wird ganz starr. Erst als die Frauen sie an Armen und Beinen fassen und sie hinter die Feuerwand ziehen, bewegen sich ihre Augäpfel wieder. Jetzt sieht sie, dass die Frauen zwei Reihen Fackeln in die Erde gesteckt haben, die eng nebeneinander Spalier stehen.

»Die Feuerprobe für unsere kleine chinesische Hexe«, ruft jemand laut und gibt He Xue einen derben Klaps auf den Hintern. »Lauf schnell durch das Feuerspalier, damit du genau so rein wirst wie wir. Dann bekommst du den Hexenbutton mit dem grünen Besen«, fügt eine andere hinzu, als He Xue versucht, die Flucht zu ergreifen. »Lauf! Lauf! Wir fangen dich auf«, feuern die Frauen am anderen Ende sie an.

Die Fackeln brennen in Brusthöhe. He Xue duckt sich und watschelt los wie eine Ente. Sie kann sich nicht erinnern, dass sie je so gelaufen ist. Die Frauen rings um das Fackelfeld brechen in Gelächter und Beifall aus. Als He Xue das andere Ende erreicht, wird sie umringt und dreimal in die Luft geworfen. »Ein Hoch auf die chinesische Hexe!«, rufen sie.

Das Gefühl, dass ihr Haar vor einigen Sekunden noch hätte in Flammen aufgehen können, lähmt He Xue und ihre Tanzbewegungen sind extrem steif. Es sieht aus, als stünde eine Strohpuppe in einer Herde galoppierender und wiehernder Pferde und sei in Gefahr, jeden Augenblick in zwei Hälften gerissen zu werden.

In diesem Moment wird eine neue Kandidatin für die Feuerprobe gebracht, und alle drängen wieder zu dem Fackelfeld. He Xue ergreift die Gelegenheit und flüchtet an den äußeren Rand des Geschehens. Zwei Frauen mittleren Alters mit künstlichen Hexennasen kommen von unten herauf und bewegen sich mit erhobenen Besen direkt auf die Tanzenden zu. »In diesem Jahr habe ich an der Börse unheimlich viel Glück gehabt. Diese Elektronik-Aktien gehen ab wie Raketen«, sagte die eine. »Da solltest du auch einsteigen.« Die andere schaut nachdenklich in die Flammen. »Was hast du denn gekauft? Ich habe auch an der Börse gespielt, aber …« Dann verschwinden sie in der Menge, und He Xue kann sie nicht mehr hören.

Inmitten der Tanzenden befindet sich jetzt ein Mädchen, deren Haare wie hundert dünne Schlangen wild in der Luft umherwirbeln. Ihr auf und ab flatternder Kleidersaum gleicht einer schwarzen Pupille, die sich erweitert und wieder zusammenzieht. Aus ihrem Mund dringt der Ruf: »Ura! Ura!« He Xue ist ganz benommen von ihren Tanzschritten. Woher kennt sie die Schöne nur? Und jetzt tanzt diese Person auch noch auf sie zu. Ihre Augen verraten Wildheit, eine Hand landet einer Spinne gleich auf He Xues Schulter und rüttelt sie. »He, Xue, tanz doch!«

He Xue kippt beinah nach hinten um. Bis ihr klar wird, dass es niemand anders als Regina war, die herübergekommen ist und sie gerufen hat. Aber als sie ihr folgen will, ist ihre Freundin schon in die Menge zurückgetanzt und nicht mehr zu sehen.

He Xue steht im Dunkel und glaubt, versengtes Haar zu riechen. Mit beiden Händen schlägt sie sich auf den Kopf, um den vermeintlichen Brand zu löschen. Dann betastet sie ihr Haar und glaubt, tatsächlich eine trockene, verkohlte Strähne gefunden zu haben. Lange zupft sie sich am Kopf herum, bis der Geruch verbrannten Haars verschwindet.

Die aufgeladene Atmosphäre hat alle elektrisiert, nur He Xue fühlt sich wie ein aufgescheuchtes Kaninchen. Die schreckliche, verzerrte Musik, die markerschütternden Schreie, die ganze nächtliche Szenerie, bei der Menschen und Geister nur schwer zu unterscheiden sind, erinnern sie an eine chinesische Erzählung, in der aufgehetzte Dorfbewohner unter der Leitung eines Hexenmeisters eine Ehebrecherin lebend ins Feuer werfen und töten. Wird der aufgehetzte Haufen zum Höhepunkt der Feier auch hier einen Menschen verbrennen? Plötzlich glaubt He Xue zu wissen, dieses Menschenopfer könne niemand anderes als sie selbst sein, weil sie die Regeln der Hexen gebrochen hat. Sie dreht sich leise um und rennt den Berg hinunter.

Der dunkle Park ist immer noch voller Menschen, und auch auf den Wegen schlängeln sich Fackeln. Es ist weitaus belebter als tagsüber. Erst als sie am Fuß des Berges angekommen ist, kühlt sich die Atmosphäre etwas ab. Als He Xue die ersten Häuser erreicht, hat sie keine Orientierung mehr, läuft einmal blind im Kreis herum und stößt schließlich auf eine Telefonzelle. Was soll sie jetzt tun? Es ist schon beinahe zwei Uhr nachts, die U-Bahn fährt sicher nicht mehr, und ein Taxi kann sie sich nicht leisten. Schließlich fasst sie sich ein Herz, zieht ein paar Groschen heraus und ruft bei ihrem Vermieter an.

Der Professor ist sofort am Apparat. Schon vor dem ersten Klingeln, so scheint es. Und eine Viertelstunde später hält sein Mercedes neben der einsamen Telefonzelle. He Xue hat inzwischen ihr Hexenkostüm abgelegt und sich auch die Farbe in ihrem Gesicht abgewischt.

Stille öffnet die Wagentür, sieht He Xue an und lacht. »Was ist denn mit Ihnen los? Haben Sie wenigstens fröhlich getanzt?«

He Xue versteht nicht, wo die Pointe liegt, und so nickt sie bloß und murmelt: »Es war sehr interessant!«

Der Professor zieht sein Jackett aus und hängt es He Xue über die Schultern. »Sie zittern ja richtig.« Er streckt die Hand aus, dreht He Xues Kopf herüber und küsst sie leicht auf die Stirn. He Xue ist wie gelähmt. Sie wagt nicht, sich zu rühren, sondern starrt in die dunklen Straßen hinaus, die vor dem Fenster vorbeifliegen. Sie hätte nie gedacht, dass sie heute Nacht auf so überraschend einfache Weise den ersten Kuss ihres Lebens bekommen würde. Es gab überhaupt keinen Prolog, auch nicht ein einziges Zeichen von Liebe. Als ginge man die Straße entlang und plötzlich fällt einem ein Spritzer Taubenkacke vom Himmel direkt auf den Scheitel. In Wirklichkeit ist so was ganz unwahrscheinlich.

Als sie über den Kaiserdamm fahren, kommt von links plötzlich ein Motorrad angeschossen. Nur weil Stille voll auf die Bremse tritt, bleibt der Zusammenstoß aus. He Xue entfährt ein Schreckensschrei, um ein Haar wäre sie mit dem Kopf an die Windschutzscheibe geprallt. Glücklicherweise fängt sie der Sicherheitsgurt.

Stille lacht. »Hab keine Angst, ich fahre ein bisschen langsamer.« Er hebt seine Hand und streichelt tröstend ihren Oberschenkel. Dann lässt er seine Hand einfach liegen. Die ganze Fahrt über nimmt er sie nicht mehr weg. He Xue hat das Gefühl, ein glühend heißes Eisen brenne sich durch ihr Kleid, wagt aber nicht, sich zu rühren.

Der Professor fährt hinters Haus und hält vor der Garage. He Xue steigt aus und geht mit gesenktem Kopf zur Tür. Das automatische Licht unter dem Dachvorsprung über der Tür geht an, und He Xue bleibt beinahe stehen.

Der Professor ist ihr gefolgt. Mit einem Griff zieht er das Mädchen an seine Brust und küsst sie von oben ins Haar. In der Umgebung herrscht völlige Stille, die Welt scheint tief zu schlafen. He Xue zieht den Kopf ein, sie weiß nicht, was da auf sie zukommt. Der Professor fasst ihren Kopf mit beiden Händen und hebt ihr Gesicht zu sich empor. »Mach die Augen auf«, sagt er. Widerwillig öffnet sie ihre Lider einen Spalt weit und blinzelt. Ihr glühend heißes Gesicht gleicht einer Kastanie im Feuer.

»Magst du es, wenn ich dich küsse?«, fragt Stille, während er ihr Gesicht mit den Lippen berührt.

»Ich, ich habe nie, habe nie … Ich weiß nicht.« Xues Stimme ist schwach. »Ich weiß, dass ich sehr hässlich bin.« Sie streckt die Hände aus und bedeckt ihr Gesicht.

Der Professor zieht ihre Hände auseinander. »Wie war es denn mit den anderen?«

»Ich habe mit anderen nicht, ich ... Regina mag, mag das.«

»Ich habe nicht Regina gefragt.« Stille mustert He Xues eher flaches und schmales Gesicht, denkt einen Moment lang tief nach. Er fühlt sich durchschaut und zugleich missverstanden. Als er jedoch sieht, wie sehr He Xues Gesicht zittert, gewinnt er seine Sicherheit zurück. »Ob man schon einmal einen Kuss bekommen hat oder nicht, ist kein Grund zur Aufregung. Der Schlüssel liegt darin, dass der Körper beim Küssen eine Reihe chemischer Veränderungen durchläuft. Wenn ich dich küsse, geht dein Körper in einen anderen Zustand über. Winzige chemische Reaktionen setzen Hormone frei und das führt dazu, dass du erregt wirst. Das ist etwas Positives. Wenn man chemische Reaktionen hat, dann ist alles in Ordnung.« Er beugt sich nach vorn, drückt seine Lippen auf ihre und streichelt sie mit der Zunge.

He Xue schließt ihre Augen, in denen Tränen glitzern. Sie ist über zwanzig Jahre alt geworden, ohne jemals zuvor einen so überwältigenden körperlichen Zustand kennengelernt zu haben. Am liebsten möchte sie sich an die Schulter des Professors lehnen und heulen.

»Sieh doch, du hast bereits eine chemische Reaktion.« Stille nimmt die Studentin in seine Arme. »So ist es gut, so ist es gut. Entspann dich, dann laufen die chemischen Reaktionen in deinem Körper noch schneller und noch gründlicher ab. Die Wirkungen der Chemie sind die bei weitem subtilsten. Wir alle brauchen Chemie. Wenn eine chemische Reaktion abläuft, dürfen wir sie auf gar keinen Fall aufhalten. Du folgst ihr, ich folge ihr auch. Unser Experiment macht uns schöner und glücklicher. Heute Nacht erleben wir unsere Chemie, ja?«

He Xue dreht ihren Mund weg, ihr Gesicht ist gar nicht schön, sondern sehr angespannt. »Nein, bitte nicht! Keine Experimente mit Haaren.« Der Klang ihrer Stimme gleicht dem einer Harfensaite im tobenden Wind.

Der Professor ist einen Moment lang verwirrt, dann lacht er. »Nein, keine Experimente mit Haaren. Was wir jetzt machen, läuft viel weiter drinnen ab.«

Der Professor umfasst die schmale Taille des Mädchens und öffnet die Haustür. Im Haus schaltet er nicht das Licht ein, sondern tastet über Xues Rücken. Die Außenbeleuchtung schaltet sich automatisch ab. Jetzt ist es so dunkel, dass man die Hand vor Augen nicht sieht.

»He Xue, mach nicht so einen Buckel! Ich werde dir doch nicht wehtun. Komm her! Die Chemie wirkt schon in deinem Körper.« Der Professor legt dem Mädchen ganz zart eine Hand auf die Brust. He Xue beginnt zu zittern wie Pappelblätter im leichten Wind. Sie spürt die Chemie, in der Brust und im Kopf. Der Professor nimmt sie in seine Arme und drückt sie fest an sich, He Xue zittert noch stärker. Dennoch kämpft sie keineswegs gegen ihn an, sondern lässt es zu, dass er sie in sein Schlafzimmer führt.

Erst als die Sonne die ersten Strahlen durchs Fenster hereinwirft, verlässt He Xue den Professor. Sie steht leise auf und betrachtet den schlafenden Mann. Erst jetzt fällt ihr auf, dass sich Stille rasiert hat. Sein graugesprenkelter Bart ist verschwunden, sein Gesicht ist glatt, faltig und traurig. Aber sie erinnert sich nur allzu gut an seine haarige Brust, seine haarigen Arme, den haarigen Rücken, als er sie genommen hat.

Solange sie neben dem Professor liegt, kann sie nicht schlafen. Sie streift rasch ihr Kleid von gestern über und kehrt in ihr eigenes Zimmer zurück. Den ersten Blick richtet sie in den Spiegel. Ist sie ein wenig schön geworden? Ihr Blick tastet das Gesichtsfeld Zentimeter um Zentimeter ab. Die Augenbrauen sind immer noch eine höher als die andere. Die Wangenknochen? Die scheinen noch stärker nach vorne zu treten, wie zwei Knollen ragen sie aus dem Gesicht. Und die Augen stecken wie Gefangene in einem dunklen Verlies. Enttäuscht wendet He Xue sich vom Spiegel ab und lässt sich aufs Bett fallen.

Sie versucht zu schlafen, doch dann treten ihr die Berührungen des Professors wieder vor Augen. Sie denkt an die vielen Haare auf seinem Körper. Ist es nicht merkwürdig, dass sie alle noch schwarz sind, während er doch oben schon grau ist? Wenn der Professor atmet, vibrieren die gekrümmten Haare wie kleine Schlangen. Die Erinnerung versetzt He Xue in Schrecken. Sie wälzt sich endlos hin und her, bis sie in einen verwirrten, erschöpften Schlaf sinkt. Regina ist immer noch nicht nach Hause gekommen.

He Xue träumt von der Arbeit in einer Puppenfabrik. Sie steht an der Maschine, wo den Puppen die schwarzen Haare eingestanzt werden. Am Anfang läuft alles ganz normal, doch dann geht irgendwo etwas schief und die Puppen, die aus der Maschine kommen, sind am ganzen Körper mit kräftigen langen Haaren bedeckt. He Xue steckt den Kopf in die Maschine, um herauszufinden, wo der Fehler liegt. Das führt aber nur dazu, dass die Maschine sie in sich hineinzieht und im nächsten Augenblick wieder ausspuckt. Wie alle anderen Puppen ist sie jetzt mit langen schwarzen Haaren gespickt. Sogar auf den Füßen und Handflächen wachsen überall Haare, sie ist hässlicher als ein schwarzer Marder. Verzweifelt ruft sie um Hilfe. Da kommt der Professor und rupft ihr ein Haar nach dem anderen ab. Das Schreckliche ist, dass er ihr die ausgerissenen Haare jetzt auch noch ins Gesicht steckt. Nur auf diese Weise, erklärt er, könnte ihr Körper je wieder glatt werden. He Xue glaubt ihm nicht, sie reißt sich los und sucht einen Spiegel. Als sie ihr Gesicht sieht, stößt sie einen gurgelnden Schrei aus: Nicht nur ihre Wangen und ihre Stirn sind schwarz überwuchert, auch aus ihrer Mundhöhle quillt ein endloser Schwall schwarzer Haare. Selbst die Ober- und Unterseite ihrer Zunge sind mit einem dichten schwarzen Flaum überzogen. He Xue schüttelt wie eine Wahnsinnige den Kopf, um die Haare loszuwerden, und so wacht sie auf.

Ursprünglich hat He Xue an diesem Tag vorgehabt, sich die Maidemonstration anzusehen. Sie hat gehört, in Kreuzberg würden dabei sogar Mao-Porträts hochgehalten. Vielleicht trifft sie dort ja noch andere Chinesinnen?

Doch jetzt verspürt sie zwischen ihren Hüften einen Schmerz, als hätte man ihr die Scheide mit einem Löffel ausgeschabt. Sie möchte sich nicht einmal umdrehen, geschweige denn das Bett verlassen. Sie betastet ihren Körper und kann es selbst nicht recht glauben, dass sie die letzte Nacht mit einem fremden Mann verbracht hat. Im Alter von dreiundzwanzig Jahren hat sie die erste Liebesnacht erlebt. Jetzt kann sie Regina sagen, dass sie nun auch den ersten Berg bezwungen hat.

Nein, sie wird Regina nichts sagen. Regina würde sich bloß lustig machen. He Xue bleibt im Bett und überlegt lange Zeit hin und her. Sie erinnert sich, dass sie Romane gelesen hat, in denen die erste Nacht immer voller Gefühl, wunderschön und rührend war. Aber sie hat sich die ganze Zeit nur vor der eigenen Nacktheit und vor der des Mannes gefürchtet. Zum Glück hat der Professor das Licht nicht eingeschaltet und alles verlief im Dunkeln. Sonst wäre sie wohl gleich geflüchtet.

Je weiter He Xue in ihrem Kopf so herumwühlt, desto schlechter fühlt sie sich. Bald kommt ihre erste Nacht ihr wie die Hochzeit zweier Würmer vor, die sich im Schutz der Dunkelheit schamlos aneinander festsaugen und einen bizarren Schlingtanz vollführen. Die Paarung endete abrupt, als der männliche Wurm mit einem extrem starken Zucken in Stillstand verfiel. Danach … O nein, wird das Weibchen dann schwanger? Nein, besser nicht daran denken.

Am Nachmittag kommt der Professor herauf und klopft an ihre Tür. Erst einmal, dann noch einmal. Erst leise, dann immer lauter, so dass He Xue keine andere Wahl hat, als schließlich zu ihm hinunterzukommen. Sie setzt sich ihm gegenüber, während er Bier trinkt. Dann legt er seine Hand ganz selbstverständlich auf ihren Arm. He Xue kaut an ihren Fingernägeln und ordnet ihr Haar. Nicht eine Sekunde lang sitzt sie still. Doch der Professor scheint das gar nicht zu merken. Er meint, sie habe sich durch den gestrigen chemischen Prozess sehr zu ihrem Vorteil verändert, sie sei eine Frau mit Scham geworden.

Nachdem er sein Bier ausgetrunken hat, sagt er, dass sie ihre chemischen Experimente jetzt fortsetzen sollten, um die positiven Änderungen bei ihr zu festigen. Im nächsten Augenblick schiebt er sie bereits ins Schlafzimmer.

Die Schmerzen, die sie empfindet, sind keineswegs eingebildet. Es brennt wie Feuer, als er in sie eindringt. Sie lässt es trotzdem geschehen. Erst als er sie – kaum eine halbe Stunde später – entlässt, fließen ihr stumme Tränen übers Gesicht.

An den folgenden Tagen hat He Xue mehrfach Krämpfe und muss sich morgens erbrechen. Die Beklemmungsgefühle in ihrer Brust und auch ihre Kopfschmerzen werden schlimmer von Tag zu Tag. Schließlich geht sie zum Arzt. Der Mann untersucht sie von Kopf bis Fuß und teilt ihr schließlich mit, dass ihr körperlich gar nichts fehle. Was sie durchmache, sei wohl ein Kulturschock. Sie müsse sich dem Leben in der fremden Stadt einfach noch ein paar Monate aussetzen und sich anpassen. Dann würden die Schmerzen schon nachlassen.

Die Diagnose trifft sie wie der Blitz aus einem Gewehrlauf. Und plötzlich wird es noch dunkler um sie. Sie zittert. Und lässt sich dann ohne Widerspruch die Pille verschreiben.

Drei Nächte einer Frau

An einem Abend im April 1992.

Duanyue bemerkt, dass sie vor Müdigkeit einnickt, und steht vom Schreibtisch auf. Beim Durchqueren des Wohnzimmers gähnt sie vernehmlich. Auf schwankenden Beinen geht sie ins Badezimmer, putzt sich die Zähne, geht auf die Toilette, wäscht sich den Unterleib, trägt ihre Gesichtscreme auf, zieht den weißen Schlafanzug mit den roten Punkten an, der ihr bis zu den Knien reicht, und durchquert wieder ohne Umschweife das Wohnzimmer, als wäre dort niemand sonst.

Im Schlafzimmer geht Duanyue zum kleinen Bett ihres Sohnes in der Zimmerecke und deckt ihn gut zu. Dann geht sie zum Schreibtisch, klappt die darauf liegende Modezeitschrift zu, löscht die Schreibtischlampe und geht ins Bett. Die alte Uhr der Nachbarn schlägt »Dong, Dong, Dong …« zehn Schläge.

Im Wohnzimmer sitzt noch Jianliang vor dem Fernseher. Es läuft ein Dokumentarfilm über den Fall der Berliner Mauer. Jianliang versteht kaum Deutsch, und außerdem schläft der Sohn bereits, so dass er den Ton ganz leise gestellt hat. Es klingt, als ob Leute in einem Nebenzimmer redeten. Als es im Schlafzimmer dunkel wird, dreht er sich um. Er steht vom Sofa auf, macht den Fernseher aus, geht ins Bad, macht im Wohnzimmer das Licht aus, tastet sich auf seinen Pantoffeln schlurfend ins Schlafzimmer und legt sich zu Duanyue ins Bett.

Er streichelt den Körper der neben ihm liegenden Frau. Aber die reagiert nicht. Er streichelt die empfindlichen Stellen ihres Oberkörpers. Duanyues Atem geht schwerer. Jianliangs Finger fassen die runde Knospe ihrer Brust. Der Atem, den sie gerade geholt hat, kann lange Zeit nicht mehr entweichen. Sie hält die Luft an, als fürchte sie Schmerzen.

»Morgen muss ich mit dem Chef zum Fotografen«, sagt sie. »Wir haben ein Shooting. Da muss ich fit sein. Lass es bitte nicht so weit kommen, dass ich keine Energie mehr dafür habe.« Duanyues Stimme klingt abweisend.

Jianliangs Hand liegt bewegungslos auf ihrem Körper. »Dein Chef ist wirklich merkwürdig, warum holt er sich nicht eine seiner deutschen Freundinnen als Sekretärin?«

»Er braucht eben jemanden, der die Korrespondenz mit den Lieferanten in Shanghai und Ningbo führen kann!«

»Aha, unsere Leute schuften Tag und Nacht, und der Kerl wird immer reicher! Und jetzt sollst du ihm auch noch als Fotomodell dienen! Ich finde, deine Arbeit als Assistentin sieht gar nicht wie Assistenz aus. Los, sag schon, was ist das für eine Position?«

»Model zu sein, ist doch eine tolle Sache. So viele andere möchten das auch gern und schaffen es nicht. Außerdem studiere ich doch Modedesign, und wenn ich eine Chance als Mannequin kriege, lerne ich viel über Mode«, sagt Duanyue. »Außerdem krieg ich die Fotos extra bezahlt.«

Jianliang will nicht klein beigeben. Er kneift sie leicht in den Bauch. Duanyue dreht sich auf die Seite und kehrt ihm den Rücken zu.

Jianliang lässt nicht locker. »Als wir gestern in seiner Villa waren, hat er mir einfach nur die Hand geschüttelt, nicht wie bei dir. Dich hat er umarmt, links und rechts auf die Wange geküsst. Wie kann man als Chef so vertraulich mit seinen Angestellten verkehren? Da gibt es ja gar kein ›Vorgesetzter und Untergebener‹ mehr. Dabei ist der Kerl doch mindestens sechzig.«

»In Deutschland ist man eben lässiger als bei uns«, versetzt Duanyue gähnend. »Die Europäer sind alle so, wenn man sich kennt und angefreundet hat, umarmt man sich eben. Aber sag mal, du bist doch heute den ganzen Tag mit unserem Sohn im Zoo gewesen, bist du gar nicht müde?«

Jianliang lässt sich nicht ablenken. »Zieht er denn, wenn er morgens zur Arbeit kommt, jeden Mitarbeiter einzeln an seine Brust? Oder macht er das nur bei dir?«

»In der Firma ist er zu jedem nett.«

»Aha, dann wird also doch nicht auf jede Wange geküsst«, sagt Jianliang mit einem Anflug von Verachtung. »Wieso hat er eigentlich gestern so viel über Taubendreck geredet und dabei so komisch gelacht? Ich dachte schon, dass ich mich verhört hätte. Er hat doch über Taubendreck geredet, oder?«

»Wenn du schon danach fragst, das war eines Abends, als er und seine Freundin mich zum Essen eingeladen hatten. Gerade als ich aus dem Bus gestiegen bin, hat eine Taube etwas auf meinen Kopf fallen lassen. Als ich bei ihm ankam, war ich sehr verlegen. Ich musste gleich ins Bad und mir die Haare waschen. Sie haben sich darüber sehr amüsiert und haben gesagt, ich wäre ein Glückskind, aus mir könnte noch sehr viel werden.«

»Dieser Kerl ist wirklich ein wenig seltsam. Mit dir redet er lustige Sachen, aber für seine Freundin scheint er sich kaum noch zu interessieren.« Jianliang richtet sich auf und sitzt jetzt schräg auf dem Bett.

Duanyue gibt keine Antwort.

»Dein Chef versteht es, Leute zum Trinken zu animieren«, fährt Jianliang fort. »Als du gestern gesagt hast, du wolltest nichts mehr, hat er dir gleich noch mal eingeschenkt und gesagt, einen so guten Champagner dürfe man einfach nicht stehen lassen. Und dann hat er dich angefasst und dir etwas zugeflüstert. Du warst wie hypnotisiert und hast brav getrunken. Als wir dann zu Hause waren, hast du den Kopf aufs Kissen geworfen und bist gleich eingeschlafen.«

Von Duanyue sind leise Atemgeräusche zu hören.

»Warst du jemals bei ihm zu Hause betrunken?«, fragt Jianliang und fasst nach ihrer Schulter.

Duanyue schreckt hoch. »Was ist los?«, fragt sie schlaftrunken.

»Warst du eigentlich schon mal betrunken, wenn er dich zu sich eingeladen hat?«

»So oft hat er mich gar nicht eingeladen. Ich war doch höchstens zwei, drei Mal bei ihm.« Duanyue dreht sich erst einmal um und dann noch einmal, jetzt ist sie wieder so in die Decke gewickelt wie eben, nur noch etwas enger. »Du bist gerade erst einen Monat in Deutschland«, sagt sie. »Viele Dinge kommen dir deshalb merkwürdig vor, weil hier andere Sitten herrschen. Warte ein bisschen, dann wirst du die Dinge verstehen. Lass uns jetzt schlafen.«

Jianliang schüttelt sein Kopfkissen auf, legt sich hin und zieht die Bettdecke bis zum Hals hoch. Er wälzt sich hin und her, fühlt sich vom Kopfkissen auf beiden Seiten schwer bedrängt, zieht es wieder hervor und klopft es mit zwei Schlägen flach. Er schmiegt sich an seine Frau. Sein linker Fuß krümmt sich und drängt sich zwischen ihre Beine, er fasst ihr Schulterblatt, während sich die andere Hand in ihren Schlafanzug schiebt.

Duanyue gähnt. »Ich hab keine Kraft mehr. Die ganze Woche arbeiten, dann bin ich am Wochenende k. o. Wenn du was von mir willst, dann musst du es selbst machen.«

Jianliang sagt nichts, ergreift eines von Duanyues Beinen und zieht es zwischen seine eigenen Beine. Die zusammengerollte Frau wird auseinandergezogen und flach hingelegt. Die Hand des Mannes bewegt sich in schlängelnden Bewegungen zu ihrer Scham. »Dein Haar ist hier unten viel länger als früher«, sagt er.

Duanyue stöhnt leicht auf und zieht die Beine zusammen wie eine Süßwassermuschel, die bei Gefahr ihre Schalen schließt. »Sei bitte vorsichtig mit deinen Handbewegungen. Wenn du da unten drankommst, tut es mir immer so weh, als ob du Schorf von einer Wunde reißt.«

Der Mann wird ungeduldig. »Ich bin schon vorsichtig genug. Mittlerweile kommt es mir vor, als würde ich täglich Buddha meine Reverenz erweisen. Seit über einem Monat klagst du jeden Tag über Schmerzen, dass ich schon gar nicht mehr weiß, was ich tun soll. Kann es sein, dass du mich nicht mehr magst?«

Duanyue ergreift Jianliangs Hände und tastet unter der Bettdecke nach seinen Fingerspitzen. »Du hast dir nicht die Fingernägel geschnitten.«

»Das letzte Mal hatte ich sie geschnitten, da hast du auch über Schmerzen geklagt.«

»Das letzte Mal hattest du sie gerade frisch geschnitten und nicht glatt gefeilt, bevor du ins Bett gekommen bist. Kurz darauf war meine Haut glühend heiß, als wäre eine giftige Raupe darübergekrochen. Wer kann deine Hände schon ertragen!« Um ihm nicht das Gefühl zu geben, dass sie ihn abweist, öffnet sie ihm die Hände.

Jianliang lacht auf, wobei sein Lachen ein wenig verlegen klingt. »Na gut, beim nächsten Mal denke ich daran. In Ordnung, meine lang Entbehrte?« Er bedeckt sie vorsichtig mit seinem Körper.

Nach einem Moment tiefer Stille läutet plötzlich das Telefon. Jianliang möchte weitermachen, aber das Telefon schrillt, als wolle es nie wieder aufhören. »Geh doch dran!«, keucht Duanyue und gibt ihrem Mann einen Stoß. »Sonst wacht Xiao Wu auf.«

Jianliang hört mit seinen Bewegungen auf. »Das ist bestimmt für dich. Geh du lieber!« Er macht das Licht an und rollt sich entmutigt von Duanyues Körper hinunter.

Die ganze Wohnung ist gerade einmal 29 m^2 groß, die Standardgröße im Studentenheim. Duanyue macht drei Schritte, dann ist sie im Wohnzimmer. »Hallo«, sagt sie. »Ah, grüß dich, Konrad. Nein, du störst gar nicht.«

Obwohl Jianliang nicht hören kann, was die Person am anderen Ende sagt, hat er doch deutlich wahrgenommen, dass Duanyues Müdigkeit verflogen ist. Sie zwitschert wie ein junges Mädchen.

»Gestern Abend? Der Spargel war wunderbar! Ich glaub, ich hab mehr als die Hälfte gegessen. Es war mir schon richtig peinlich«, sagt Duanyue. Der Klang ihres Lachens bohrt sich wie eine fliegende Nadel in die Ohren Jianliangs. Sie betrügt ihn, ja, sie betrügt ihn! Er möchte aufspringen und sie grün und blau schlagen, doch er reißt sich zusammen. Er braucht Beweise. Er spitzt die Ohren, um jedes Wort zu verstehen. Obwohl er nicht allzu gut Deutsch kann, glaubt er doch mit jeder Silbe ein Stückchen mehr von der heimlichen Beziehung seiner Frau zu diesem fremden Mann zu erhaschen.

Schon wieder lacht sie. »Jedes Mal, wenn ich zu dir komme, habe ich einen Appetit wie ein Bär. Ich weiß auch nicht, warum. Normalerweise bekomme ich gar nicht so viel herunter.«

»Französische Gänseleberpastete? Hm, sie ist ein wenig fettig, oder?«

»Eine Gourmetdelikatesse? Oh, mein Gaumen kann es schon nicht mehr erwarten.«

Jianliang versteht nicht viel, aber den Tonfall erkennt er schon, und sein Herz wird immer heißer und trockener. Er schielt durch die Tür und sieht, wie Duanyue sich in eine Sofaecke gekuschelt, den Kopf mit dem Hörer am Ohr auf die Schulter gelegt hat und sich anschwärmen lässt wie ein kichernder Teenager. Er schleudert die Bettdecke ungestüm auf den Boden, stürmt absichtlich laut patschend ins Bad und schließt mit einem Knall die Tür hinter sich. Zitternd steht er vor der Toilette, kann aber nur wenige Tropfen herauspressen. Er spült auch nicht, sondern öffnet leise die Tür, um weiter zu lauschen.

Aber Duanyue scheint seinen Ärger bemerkt zu haben und dämpft ihre Stimme. Jetzt kann er gar nichts mehr verstehen. Umso mehr wundert er sich, dass seine Frau mit einer so weichen, rosenblätterzarten Stimme Deutsch reden kann.

Obwohl er sich in China das Unmögliche abverlangt und ein Jahr Deutsch gelernt hat, versteht er nur wenig von dieser rauen Sprache. Im Grunde sind es nur wenige Einzelworte. Deshalb späht er durch die halb geöffnete Tür und versucht den Gesichtsausdruck seiner Frau zu ergründen. Jetzt ist ihre Stimme auch wieder deutlicher zu verstehen.

»Am liebsten würde ich auf Reisen gehen, nach Amerika vielleicht ... Das weißt du? Habe ich dir das erzählt? Im Auto? Ich erinnere mich überhaupt nicht. Wenn ich das nächste Mal etwas vorhabe, erzähle ich dir das zuerst, dann kannst du mich später daran erinnern.«

Was für ein Auto? Die beiden, ein Mann und eine Frau, allein in einem Auto? Was mögen die beiden wohl im Auto getan haben?! Bestimmt nichts Gutes!

»Ich fürchte, ich kann hier nicht weg. Mein Kind ist da, mein Mann ist auch hier, wegzukommen ist dann ... richtig, richtig. Jianliang braucht noch Zeit, natürlich kann ich ihm sagen, dass er sich um das Kind kümmern soll. Aber das ist noch zu früh. Lass uns darüber reden, wenn die Zeit reif ist.«

Wie? Ich soll mich um das Kind kümmern, wenn sie mit einem anderen unterwegs ist? Wie kann eine Ehefrau nur so außer Rand und Band geraten? Kaum zwei Jahre ist sie jetzt im Ausland und benimmt sich wie ein billiges Flittchen! Aus Jianliangs Augen schießen Flammen.

»Schöne Kleider?« Sie kichert. »Hm, lass mich mal nachdenken. Das lila Samtkleid? Das habe ich doch schon vor Wochen genäht. Das hast du noch nicht vergessen? Du erinnerst dich an alles? Du wirst mein persönlicher Sekretär? Sehr gut, dann werde ich dir auch Anweisungen geben.« Es scheint, als könne Duanyue am Telefon endlos weiterplaudern.

»Du möchtest, dass ich morgen zum Fotografen einen ganzen Koffer voll Kleider mitbringe? Doch nicht? Ein Brautkleid? Ach, mein Brautkleid war gar nicht schön, wenn ich es mit heutigen Augen betrachte.«

Jetzt reicht es Jianliang. In zwei großen Sätzen kommt er aus dem Badezimmer gestürmt, reißt Duanyue den Hörer aus der Hand und brüllt mit lauter Stimme einen Satz auf Chinesisch hinein: »Hallo, wer bist du?«

Keine Antwort.

Duanyue wechselt ihre Gesichtsfarbe. Mit gesenkter Stimme sagt sie jetzt ebenfalls auf Chinesisch: »Was machst du denn da, bist du jetzt völlig übergeschnappt? Beleidige bitte nicht meinen Chef!« Sie ergreift seine Hand, um den Hörer wieder an sich zu nehmen.

Jianliang stößt sie weg und schreit noch einmal laut in die Sprechmuschel: »Stör uns zukünftig nicht mehr um Mitternacht!«

Man hört das Klicken, mit dem der Gesprächspartner auflegt. Aus dem Schlafzimmer dringt das Ächzen des kleinen Jungen, der sich im Bett wälzt.

»Bist du heute mit dem falschen Fuß aufgestanden, oder was? Wenn ich keine Arbeit mehr habe, was sollen wir dann essen? Sollen wir nur von Luft leben?« Duanyues Gesicht ist gerötet, als habe sie getrunken, aber ihre Stimme ist leiser geworden.

Jianliang schleudert den Hörer zu Boden. Es gibt ein dumpfes Geräusch, dann hört man das »Tut, Tut« des Leerzeichens.

Duanyue starrt ausdruckslos vor sich hin. Als sie sieht, wie sich das Gesicht ihres Mannes zu einer wütenden Grimasse verzerrt, wird sie von Angst ergriffen. Sie presst die Lippen zusammen, hebt behutsam den Hörer auf, legt ihn auf die Gabel und geht leise ins Schlafzimmer.

Aus dem Kinderbett dringt ein Wimmern. »Oma, ich will zu Oma«, ruft Xiao Wu unter Tränen.

»Dieser unanständige Mistkerl! Gestern hat er mich noch zum Essen eingeladen, heute am Telefon kennt er mich nicht mehr«, tobt Jianliang im Wohnzimmer.

Duanyue tritt seufzend ans Bett ihres Söhnchens und streichelt ihm sachte den Kopf. »Sei bitte ein bisschen leiser«, sagt sie in Richtung Wohnzimmer. Sie streckt den Kopf heraus, um zu sehen, was der Mann macht, meidet ihn jedoch mit ihren Augen.

In diesem Moment holt der vierjährige Sohn mit der Hand aus und schlägt die Mutter auf den Rücken. »Wann kommt Oma endlich? Ich will zur Oma.«

Duanyue ergreift seine Hand und drückt ihn mit einem sanften »Sch, sch« in sein Bettchen zurück. »Nicht weinen, Xiao Wu. Und schlag deine Mami nicht. Mami beschützt dich.«

»Ich will nach Hause zurück, ich will zu Oma«, schluchzt der Sohn.

Duanyue beginnt, ihm ›Das Meer‹ vorzusingen. Dann ›Die Jasminblüte‹ und ›Der Wind weht vom Norden her‹. Sie singt alles, was ihr gerade einfällt, ganz egal ob es Kinderlieder sind oder nicht. Allmählich hört Xiao

Wu auf zu weinen. Nach einer Viertelstunde ist er wieder eingeschlafen.

Duanyue unterdrückt ein Gähnen und schlüpft im Dunkeln ins Bett. Jianliang kommt aus dem Wohnzimmer, zieht ihr die Decke weg und sagt mit schneidender Stimme: »Steh auf! Ich habe mit dir zu reden.«

Duanyue dreht sich wortlos um, erhebt sich, zieht den auf den Boden geworfenen Slip an, hüllt sich in die Decke, verlässt leise das Schlafzimmer und setzt sich auf das Sofa im Wohnzimmer.

»Hast du mit deinem Chef eine Beziehung oder nicht?«

»Ein Hund hat wohl dein Gewissen gefressen! Konrad hat mir meine Arbeit gegeben. Und die Bürgschaft für deinen Besuch in Deutschland hat er auch übernommen. Dass ich dich und Xiao Wu aus China herausholen konnte, verdanke ich alles ihm. Er ist gut zu dir und zum Dank dafür beschimpfst du ihn!«

»Mach die Augen auf, du Blinde!«, schimpft der Ehemann. »Der gierige Kapitalist beutet dich aus und du singst noch ein Loblied für ihn. Wie konntest du nur so tief sinken? Das Ministerium hat dich als Austauschstudentin hierher geschickt. Die Zukunft stand mit offenen Armen vor dir. Aber du hast nichts aus dir gemacht und dein Volkswirtschaftsstudium einfach hingeschmissen.«

»Ich habe hier etwas entdeckt, was ich wirklich studieren will. Ich habe einen neuen Weg eingeschlagen. Was gibt's daran auszusetzen?« Duanyue wird bockig und bietet ihm die Stirn.

Beide haben ihre Stimmen gesenkt, da das Wohnzimmer und das Schlafzimmer nur durch einen Durchgang getrennt sind. Dennoch ist die unterdrückte Wut jetzt bei beiden zu spüren.

Jianliang: »Du glaubst doch nicht, dass du mich täuschen kannst, oder? Ich sehe doch, dass die Absichten des alten Bocks alles andere als anständig sind. So spät noch hier anzurufen.«

»Wir sind hier nicht auf dem Dorf. Berlin ist eine Großstadt. Da geht man nicht mit den Kühen ins Bett. Das ist in Berlin nicht anders als in Beijing und Shanghai! Kannst du das nicht begreifen?«

»Mitten in der Nacht um zwei, drei Uhr morgens anzurufen! Wenn er das nicht macht, um Frauen scharfzumachen, was denn dann?«

Duanyue: »Warum klingst du eigentlich jedes Mal, wenn du den Mund öffnest, wie ein dummer Bauer aus einem Kuhdorf? Und warum schaust du nicht auf die Uhr? Es ist doch erst Viertel nach elf! Wenn du mir weiter nichts zu sagen hast, geh ich jetzt schlafen.«

Jianliang: »Und warum hat er dann nicht geantwortet, als ich ›Hallo‹ gesagt habe? Wenn das kein schlechtes Gewissen bedeutet …«

Duanyue: »Du hast ja nicht gehört, wie du gebrüllt hast! Als ob du jemanden umbringen wolltest! Als ob du das Messer schon in der Hand hältst! Der arme Xiao Wu hatte schreckliche Angst.«

Jianliang: »Selbst wenn ich gebrüllt haben sollte, hätte er doch antworten müssen. Stattdessen hat er einfach aufgelegt, das sagt doch alles! Ich hätte ihm schon gesagt, dass es sich nicht gehört, eine Frau aus gutem Haus zu verführen.«

Duanyue: »Er ist ein Deutscher und nicht dein Sklave, warum soll er sich deinem Ärger aussetzen?«

Jianliang: »Wenn du wieder zur Arbeit gehst, dann halt dich ein bisschen zurück. Halt dich an deine Arbeit, und lass dich nicht mit ihm ein. Dein Privatleben geht ihn nichts an. Und zum Essen lässt du dich auch nicht mehr einladen! Gänseleberpastete! Zur Hölle mit ihm!«

Jianliang geht vor seiner Frau hin und her und fuchtelt dabei mit den Armen. Duanyue fährt sich immer wieder durch das Gesicht, als ob sie das Durcheinander in ihrem Kopf zusammenschieben und wegsperren wollte. Als Jianliang wieder einmal dicht vor ihr steht, streckt sie die Hand aus und zieht ihn zu sich heran. Jianliang will immer noch seine Arme schwingen, doch Duanyue packt ihn energisch, da gibt er nach und setzt sich neben sie.

»Was ist denn bloß mit dir los? Gerade eben warst du im Bett noch so zärtlich und dann wirst du plötzlich wütend und reißt mir den Hörer aus der Hand. Du bist ja geradezu explodiert.« Duanyues Stimme wird ganz zärtlich.

Jianliang: »Du bist es doch, die sich verändert hat. Du bist es! Im Ausland angekommen, hast du vor allem eine Sache gelernt: Vor den Augen und Ohren deines Ehemannes mit einem Fremden zu flirten.«

Duanyue: »Wir haben uns doch ganz normal unterhalten.«

Jianliang: »Das soll kein Flirten gewesen sein? Sämtliche Grenzen des Anstands hast du überschritten! Du hast sogar gesagt, dass dein Hochzeitskleid hässlich ist. Du machst uns schlecht, weil du scharf auf sein Geld bist! Du möchtest wohl, dass er dir ein wenig den Kopfschmuck aufbessert, nicht wahr? Damals, als wir geheiratet haben, warst du so stolz auf dein Brautkleid. Du hast dich regelrecht aufgespielt vor unseren Kommilitonen.«

Duanyue steht auf und sagt mit ungeduldiger Miene: »Mit dir kann man wirklich kein klares Wort mehr reden. Du schnappst ein paar Wörter auf und glaubst dann, du hast alles verstanden. Dabei machst du eine Maus zum Elefanten und ruinierst damit alles. Merkst du das denn gar nicht? Aber lass uns ein anderes Mal darüber reden. Ich muss morgen arbeiten und möchte vorher ein wenig schlafen.« Sie geht langsam ins Schlafzimmer.

Jianliang fixiert ihren Rücken mit seinen Augen, kreuzt die Hände vor der Brust und verschränkt seine Arme. Das Licht aus dem Wohnzimmer fällt bis aufs Bett und beleuchtet die kleine Erhebung unter der Decke, wo seine Frau liegt. Jianliang bleibt mit stumpfer Miene im Wohnzimmer sitzen. Schließlich löscht er das Licht, geht ins Schlafzimmer und knipst die Nachttischlampe an.

Er zieht Duanyue die Decke herunter und entblößt ihren eng zusammengerollten Körper. Dann schiebt er das Oberteil ihres Schlafanzugs hoch, fährt ihr mit beiden Händen über den Bauch bis hinunter zu ihrem weißen Slip, packt ihn und zerrt ihn über die Füße herunter.

Duanyue zieht die Beine an. »Gerade bin ich eingeschlafen, da kommst du schon wieder damit. Lass es uns morgen tun, ja?« Duanyue öffnet gar nicht die Augen, streckt die Hand aus, tastet nach der Nachttischlampe und löscht das Licht.

Jianliang macht sofort die Nachttischlampe wieder

an und dreht Duanyue um, so dass sie ihm ins Gesicht sehen muss.

Sie hält sich die Hand vor die Augen und dreht sich wieder mit dem Gesicht nach unten, um zu schlafen. »Du hast mich so weit gebracht, dass ich überhaupt nicht mehr in Stimmung bin.« Sie angelt nach der Decke und deckt sich wieder zu.

Jianliang dreht sie wortlos wieder herum, diesmal sind seine Hände und Füße schwerer als zuvor. Er stößt die Decke beiseite, kniet sich aufs Bett und presst seine Hände auf ihre Brust. »Mach keinen Lärm. Wenn du Xiao Wu aufweckst, bist du nicht mehr seine Mutter.«

Duanyue öffnet die Augen und sieht Jianliang dicht vor ihrem Gesicht. Er starrt sie an wie ein Ungeheuer, und ihre Augen füllen sich mit Entsetzen.

Er packt ihre Beine, drückt sie auseinander und legt sie sich auf die Schultern. Dann hebt er Duanyue hoch, bringt ihren Bauch bis vor sein Gesicht und spuckt ihr zweimal auf die Schamlippen.

Wie von Knüppelschlägen getroffen, zuckt Duanyue zusammen. Sie hält sich den Mund zu und umklammert ängstlich ihre Brüste.

»Heute bin ich dir behilflich«, knurrt Jianliang. »Zum einen mache ich dich wieder zu meiner Ehefrau, zum anderen treibe ich dir den Gedanken aus dem Kopf, die Geliebte deines Chefs zu sein.« Jianliang spreizt ihre Beine und dringt in sie ein. Ihre Glieder knacken vernehmlich. Duanyue lässt einen unterdrückten Schmerzensschrei hören und macht verzweifelte Anstrengungen, um sich zur Seite zu drehen.

»Hör schon auf, deine Schmerzen sind doch alle nicht echt. Ich bin zwar erst einen Monat hier, aber trotzdem weiß ich längst, was du im Schild führst. Aber ich werde deine schmutzigen Pläne durchkreuzen, solange ich da bin, wirst du kein Rendezvous mit deinem Chef wagen.«

In seiner Wut hat Jianliang seine Frau weit nach oben geschoben. Nach zwei, drei Stößen ist sie am Kopfteil des Bettes. Ihr Hals wird schmerzhaft zur Seite gedrückt. Das linke Ohr schwillt an wie der rote Kamm einer Henne. Sie schiebt sich eine Faust in den Mund und beißt verzweifelt darauf herum, bis sich auf ihrer Hand eine Zahnreihe nach der anderen abzeichnet. Es scheint, als könne sie nur so die Schmerzen ertragen.

Immer brutaler stößt sie der Mann an die Wand. Er quetscht ihren Körper zusammen, bis sie nur noch der grotesken Karikatur einer Frau gleicht. Jianliang genießt den Anblick ihres verzerrten Körpers und bewegt ungestüm seine Schenkel. Duanyues Hinterkopf, Ohren und Schultern schlagen rhythmisch gegen das Kopfbrett und das Kopfbrett schlägt an die Wand.

Im kleinen Bett nebenan ist Xiao Wu aufgewacht. Er setzt sich auf, betrachtet mit großen Augen die Szene und fängt an zu schreien. Jianliang streckt eine Hand aus, dreht seinem Sohn den Kopf zur Seite und knipst die Nachttischlampe aus. Xiao Wus Schreien wird noch um einiges lauter. »Wenn du weiter schreist, schlag ich dich tot!«, brüllt Jianliang, streckt im Dunklen die Hand aus und versetzt seinem Sohn eine Ohrfeige.

Er hätte nicht gedacht, dass der Fausthieb so heftig war, aber Xiao Wu taumelt und fällt aus dem Bett auf den Boden. Er schreit wie am Spieß.

»Verschone Xiao Wu. Er hat dir doch nichts getan«, fleht Duanyue verzweifelt.

Weil sein Sohn zur Seite gerollt ist und er ihn mit der Hand nicht erreichen kann, ergreift Jianliang das Kopfkissen und wirft es Xiao Wu aufs Gesicht.

»Xiao Wu, mein Liebling, weine nicht, weine nicht«, gibt Duanyue sich größte Mühe, ihre Stimme fest und zärtlich klingen zu lassen. »Mami und Papi spielen, es ist nichts Schlimmes, hab keine Angst!«

Jianliang sagt kein Wort, und wie herzzerreißend Xiao Wu auch heult, werden seine Stöße noch heftiger. Endlich wird er ganz starr, er reckt sich hoch und stemmt seine Hände auf Duanyues Körper, dann lässt er sich fallen und lastet wie eine Mauer auf ihrer Brust. Ihr bleibt die Luft weg und eine Weile kann sie nicht atmen.

Jianliang liegt da wie ein Toter, sein Keuchen und Schnaufen ist gänzlich verstummt. Umgekehrt ist es jetzt Duanyue, die unter seinem Körper nach Luft schnappt. Sie stößt ihn beiseite und er fällt um wie ein Klotz. Ein leises Röcheln zeigt, dass er schläft.

Duanyue steigt aus dem Bett und nimmt in der Dunkelheit ihren immer noch weinenden Sohn in die Arme. Als ihre Hand seine Beine berührt, merkt sie, dass seine Schlafanzughose nass ist. Es bleibt ihr nichts anderes übrig, als ihren Sohn ins Badezimmer zu bringen und ihn zu waschen. Sie wechselt das Laken in seinem Bett und legt ihn vorsichtig wieder hinein. Es fällt ihr schwer, abzuwarten, bis ihr Sohn schläft, bevor sie die Trauer in ihrem Herzen nicht mehr erträgt und in der Dunkelheit tonlos zu weinen beginnt.

Überall herrscht tiefe Stille. Duanyue steht leise auf, nimmt eine Decke vom Bett und legt sie auf das im Wohnzimmer stehende Sofa. Dann geht sie ins Bad und spült ihren Unterleib. Zwischen den Beinen kremt sie sich vorsichtig ein, zieht ihren Schlafanzug an, und darüber noch einen Pullover. Dann legt sie sich auf das Sofa, und weil es nicht lang genug ist, bettet sie ihren Kopf auf die Armlehne. Sie umklammert die kratzige Decke und vergießt weitere Tränen.

Im Schlafzimmer wacht Jianliang wieder auf, ihm ist kalt. Er betastet seinen nackten Körper, steht auf und geht ins Bad. Dann nimmt er Duanyue in seine Arme und trägt sie hinüber ins Bett. Er holt die Decke, kuschelt sich eng an den warmen Körper der Frau und schläft wieder ein.

Duanyue kann nicht schlafen. Sie fühlt sich wie ein Käfer in einem fest verschlossenen Glas, der nicht weiß, wie er die unsichtbaren Wände wegrücken soll. Als die ersten Strahlen der Morgensonne durch die Vorhänge fallen und das Zimmer erhellen, sieht das große Holzbett, auf dem das Ehepaar schläft, wie ein chinesisches Schachbrett aus, das vom glitzernden Schuppenkleid eines Flusses geteilt wird, den niemand zu überqueren vermag.

Xiao Wu ist bereits früh aufgewacht und betrachtet mit einfältiger Miene seine Eltern, von denen einer mit und eine ohne Decke schläft. Er ist nicht wie gestern auf das große Bett geklettert, um sich in die warme Betthöhle der Eltern zu vergraben, sondern sitzt auf seinem Kinderbett und wiegt den Oberkörper hin und her. Er hat den Zipfel seines Kissens im Mund und lutscht den salzigen Geschmack, der noch den Duft des Waschpulvers mit sich führt. Sein Körper wiegt sich hin und her, hin und her …

In einer Sommernacht zwei Jahre später.

Duanyue klettert aus dem Swimmingpool, schüttelt das Wasser aus den Haaren, schlingt sich ein blaues Badetuch um die Hüften und beobachtet Konrad, der wie ein Hecht durchs Wasser gleitet. Sie hockt sich mit dem Rücken zum Wasser, öffnet ihren Rucksack und nimmt etwas heraus. Bis auf die beiden ist niemand zu sehen.

Konrad steigt aus dem Becken, sieht, dass sein Badetuch nicht mehr da ist, und geht zu Duanyue hinüber. Sie liegt ganz unschuldig da und hat die Augen zu einem schmalen Strich geschlossen, als ob sie eingenickt wäre. Aber ihre Haltung ist irgendwie unnatürlich. Sie macht ein mächtiges Hohlkreuz und ihr Bauch wölbt sich prall nach oben, weil sie etwas hinter dem Rücken versteckt hat.

Konrad legte seine Hände um ihre Taille, um den Knoten des Handtuchs zu lösen. Wassertropfen fallen auf ihr Gesicht. Sie öffnet die Augen und lächelt. Während er hinter ihrem Rücken das Päckchen hervorzieht, das sie dort versteckt hat, presst er sein nasses Gesicht auf ihre Brüste und küsst sie. »Hab ich dich, du Handtuchdieb!« Er hebt den Gegenstand in seiner Hand empor, als wolle er eine Diebsflagge hissen.

Erst als er bemerkt, dass das, was er in der Hand hält, nicht ganz das ist, was er erwartet hat, hebt er den Kopf und schaut endlich genauer hin. »He, was ist denn das?«

Ein eleganter Morgenrock bläht sich im Abendwind.

»Woher hast du denn den?«

Duanyue lacht. »Keine Ahnung. Wo hast du ihn denn gefunden?«

Konrad antwortet: »Hinter deinem Rücken.«

»Ach, dann musst du eben hinter meinem Rücken fragen!«

Konrad steht auf und dreht das Schmuckstück in seiner Hand. Er betastet das Baumwollfutter auf der Innenseite, dann die weiche, glänzende, mit tiefroten Mustern bedruckte Satinaußenseite. Schließlich probiert er ihn an. »Hey, der ist ja wie maßgeschneidert.« Er zieht ihn wieder aus, wendet ihn, prüft die Nähte und schaut in den Kragen. »Von der Marke ›Wangluo‹ habe ich noch nie gehört. Die Verarbeitung ist wirklich nicht schlecht. Hast du den im KaDeWe gekauft?«

»Wenn du noch zweimal falsch rätst, bist du für heute mein Sklave.«

»Ist er von Lafayette? Oder womöglich von Gucci?«

Duanyue lacht siegessicher. »Dreimal daneben! Du bist eben doch ein richtiger Grossist. Sag selbst, ob du bestraft werden musst oder nicht?«

»Bestrafen, du musst mich unbedingt gleich bestrafen«, sagt Konrad und streift den Bademantel wieder über.

Duanyue löst das um ihren Unterleib geschlungene Tuch, öffnet Konrads Bademantel und kuschelt sich hinein. »Trag mich ins Haus!«

»Wie du befiehlst, meine Schöne!«, sagt Konrad, während er Duanyue auf seine Arme nimmt. »Du bist so lecker wie ein süßer Baozi. Von deiner Sorte könnte ich zehn auf einmal wegtragen.«

Die Oberfläche des Swimmingpools glänzt wie ein Spiegel. Konrad tritt mit Duanyue in seinen Armen an den Beckenrand: »Jetzt sag endlich, wo du den Mantel herhast. Sonst werfe ich dich ins Wasser.«

Duanyue hängt sich an seinen Hals: »Ich habe ihn geschneidert. Habe alles mit eigener Hand gemacht.«

»Nicht schlecht! Du könntest für Prada arbeiten.«

»Das ist mein Geburtstagsgeschenk für dich.«

»Wirklich? Aber mein Geburtstag war doch schon vor sechs Monaten! Erinnerst du dich nicht? Ich hatte dich gebeten, an meiner Geburtstagsparty teilzunehmen, aber du bist nicht gekommen. Ein halbes Jahr lang bist du nicht mehr in meiner Villa gewesen. Aus irgendeinem Grund warst du sauer. Aber jetzt wirst du mir nicht mehr entwischen.«

Konrad trägt die kleine Chinesin ins Haus. Der im Wintergarten dösende Hund erkennt seinen Herrn und beginnt freudig zu bellen. »Du bleibst hier unten, komm nicht mit nach oben«, befiehlt Konrad. Der schwarzweiße Collie steht unwillig da, wedelt mit dem Schwanz, streckt die Zunge heraus und sieht ein weiteres Mal untätig zu, wie sein Herrchen eine Frau die Treppe hinaufträgt. Auch er würde es gern mal mit einer Hündin tun und bellt so lange, bis sich im oberen Stockwerk die Tür des Schlafzimmers mit einem Knall schließt. Als ihn niemand mehr beachtet, schleicht er wie immer leise die Treppe empor, lässt sich auf dem Teppich vor der Tür nieder, lauscht den Geräuschen im Zimmer und wartet, bis sein Herrchen fertig ist.

Konrad legt Duanyue auf sein großes Wasserbett und küsst ihren Nabel. Sie weiß, was jetzt kommt, sie zappelt ein bisschen, wehrt sich aber nicht ernsthaft. Nicht lang, und das Wasserbett gibt leise Wellengeräusche von sich. Das Bett trägt die Menschen und die Menschen tragen das Bett, als ob sie sanft schaukelten. Das Leben erreicht Stoß für Stoß eine berauschende Intensität, dann versinkt alles in einem Augenblick großer Lust.

Duanyue erwacht in der Stille, sie dreht sich ganz vorsichtig um, aber Konrad wird trotzdem wach. Draußen vor dem Fenster herrscht Dunkelheit. Duanyue blickt auf das Radio neben dem Bett, dessen blaue Leuchtschrift fast Mitternacht anzeigt.

Sie hört ein Geräusch aus dem Garten und sagt: »Da ist gerade ein Vogel vorbeigeflogen.« Sie lauscht wieder, hört aber nichts mehr. »Jedes Mal, wenn ich zu dir komme, ist es so ruhig. Ich glaube, wenn jemand zu dir käme, könnte man ihn schon von weitem hören. Da, wo ich wohne, ist die ganze Nacht Krach. Lastwagen, Autos, Motorräder, sogar die Leute auf der Straße machen Radau. Sie streiten sich, werfen Flaschen oder was weiß ich. Selbst wenn ich die Fenster zumache, hab ich nie Ruhe.«

Konrad küsst Duanyue: »Was erwartest du denn von Neukölln? Da wohnen doch bloß ...« Er unterbricht sich gerade noch rechtzeitig. Um die Peinlichkeit zu überspielen, drückt er einen Schalter am Nachttisch und über ihnen leuchten zwei Wandleuchten auf. Lampenschirme aus Milchglas werfen die Strahlen nach oben, so dass die Zimmerdecke in mildes Licht getaucht wird.

Duanyue betrachtet den Stuck an der Decke: »Ist das nicht eine Göttin? Sie blickt die ganze Zeit hier aufs Bett, fühlst du dich dabei wohl?«

»Schatz, die kleine Venus da oben ist meine Freundin. Sie darf alles sehen.« Konrad schlägt die baumwollgefütterte Seidendecke von Duanyues Körper zurück und lässt seine Augen genüsslich über den nackten weiblichen Körper wandern, ehe er sie wieder zudeckt.

»Dann ist die Göttin an der Decke also auch deine Freundin. Kannst du deine Freundinnen überhaupt noch zählen?«

»Jetzt, wo es dich gibt, möchte ich nur noch zu deinen Füßen knien.« Er hebt einen ihrer Füße an und küsst sie von den Zehen an aufwärts.

»Wenn du Lust auf mich hast, rufst du mich einfach an«, beschwert sich Duanyue. »Aber wenn ich Sehnsucht habe, kann ich dich keineswegs anrufen. Als wir das letzte Mal verabredet waren, habe ich über eine Stunde vor deiner Tür gewartet, ohne dass du gekommen bist.«

»Das tut mir wirklich leid. Ich habe dir doch erklärt, dass ich noch etwas zu erledigen hatte, ich musste jemanden treffen, der mir Geld schuldete. Es gibt eben geschäftliche Angelegenheiten, die ich nicht so einfach vernachlässigen kann.«

»Du brauchst mich nicht anzulügen. Soll ich dir sagen, was ich an dem Abend gemacht habe? Ich bin in der Nähe essen gegangen und zwei Stunden später noch einmal zurückgekehrt. Als ich gesehen habe, dass bei dir in der Villa Licht brannte, war ich sehr froh. Aber als ich zum Gartentor kam, ist ein hübsches Mädchen in ihrem Wagen an mir vorbeigefahren und vor deiner Tür ausgestiegen. Obwohl es schon ziemlich spät war, bin ich noch ein wenig stehen geblieben und habe den Mond angeschaut. Ich habe euch lachen hören, das Fenster war offen. Da konnte ich es nicht mehr ertragen und bin gegangen.«

»Da siehst du, dass du mich ganz blind und unbegründet verdächtigst. Diese Frau hatte sich von mir Geld geliehen und ist an jenem Abend gekommen, um ihre Schulden zu zahlen. Ich habe noch andere Freundinnen, das habe ich nie geleugnet. Warum sollte ich daher ausgerechnet dieses Mal lügen? Auch wenn es noch andere Frauen gibt – du bist die Kaiserin und hast gar keine Veranlassung, dich mit anderen zu vergleichen.« Konrad beginnt, seine soeben zur Kaiserin ernannte Beute lange und innig zu küssen.

Aber Duanyue ist noch nicht beruhigt und lässt sich nicht gehen. Sie wechselt das Thema. »Was macht dein Sohn? Lernt er gut?«

Die Frage rührt an einen wunden Punkt. Konrad wird ständig von seiner geschiedenen Frau mit Geldforderungen bedrängt. Erst diese Woche hat sie wieder in der Firma angerufen und ihn so gründlich beschimpft, dass sein Herz eine ganze Zeit lang völlig verschlossen gewesen ist. Auch jetzt vergeht ihm die Lust. Er richtet sich auf und schaltet das Schlafzimmerlicht vollständig an. »Danke der Nachfrage, Sohn und Tochter geht es sehr gut.« Er steigt aus dem Bett. »Lass uns nach unten gehen und was essen. Ich habe gewaltigen Hunger.« Er streckt die Hand aus und zieht an Duanyues Schulter. Die Chinesin wendet sich ab.

Konrad setzt sich auf die Bettkante und streichelt Duanyues Gesicht. »Was schaust du denn auf einmal so finster drein? Kinder gehören der Gesellschaft, nicht Vater und Mutter. Sie werden alle einmal groß. Was regst du dich auf?«

»Wenn ich an meinen Sohn denke, werde ich immer sehr traurig. Wenn ich in China anrufe, sagt sein Vater immer, Xiao Wu ist nicht zu Hause. Aber neulich habe ich Glück gehabt und er war selber am Apparat. Ich habe ihm gesagt, dass ich ihn im Sommer besuchen will.

Und da hat er gesagt, er wolle gar nicht, dass ich zurückkomme. Die Großmutter hat ihm gesagt, ich wäre eine Billigware, eine törichte Person, die alles Ausländische anbetet. Er hat gesagt, wenn ich zurückkomme, würde die Großmutter wütend.« Duanyue bedeckt ihre Augen.

Konrad schüttelt den Kopf, patscht ihr auf den Po und rollt sie im Bett hin und her, als ob er sie wachrütteln wolle. »Siehst du, es geht ihm sehr gut ohne dich. Du musst dein eigenes Leben leben und dich frei machen von diesen … Dingen. Schau mich an … ich telefoniere nur alle paar Monate einmal mit ihnen. Nur zu Weihnachten rufe ich immer an. Ach, Duanyue, hör auf, deine Tränen regnen zu lassen. Der Swimmingpool ist schon voll, wenn du jetzt noch weiter heulst, steht bald das ganze Haus unter Wasser. Komm, steh auf, ich koch uns was Leckeres.«

Die beiden gehen nach unten. Konrad macht eine Büchse Gourmetfutter für seinen Hund auf. Er füllt ihm den Napf und stellt ihn auf die Terrasse. Von draußen weht eine leichte Brise herein und bläht die mit großen Blumen gemusterten Vorhänge.

Konrad lässt die Tür offen. »Jetzt ist es schon Mitternacht und draußen ist es immer noch warm.« Er gießt sich und Duanyue ein Glas trockenen Weißwein ein. Er öffnet das Kleid, das die Frau sich übergezogen hat, und entblößt eine Brust. Dann steckt er seinen Zeigefinger ins Glas, benetzt ihn mit Wein und führt ihn über Duanyues gekräuselte Brustwarze. Die Kälte lässt Duanyue zusammenzucken. Sie versteckt ihre Brust wieder im Kleid, dessen vordere Knopfreihe jetzt vollständig geöffnet ist.

»Warte nur, gleich wärme ich sie mit dem Mund.« Konrad nimmt eine Packung grau-weißer Riesengarnelen aus dem Tiefkühlschrank, legt die gekrümmten Krebse einzeln in eine kupferne Pfanne.

»Du bist ein richtiger Playboy, niemals zufrieden.« Duanyue nippt an ihrem Wein und legt ihre Beine hoch. »Ich erinnere mich, wie ich einmal Jana aus der Verkaufsabteilung hinter deinem Rücken Tränen vergießen gesehen habe. Seit ich in deiner Firma bin, hast du sicher schon ein halbes Dutzend Mädchen gehabt und unglücklich gemacht.«

»Ach, im Leben geschehen so viele unerwartete Dinge. Die Sache mit Jana war völlig harmlos. Du weißt ja, auf einer Party ... Wenn man etwas getrunken hat und getanzt hat, wird man eben romantisch. Ich kann euren Verführungskünsten nun mal nicht widerstehen.« Die Küche füllt sich mit dem Duft der in Butter geschmorten Garnelen.

»Und danach?«

»Was für ein Danach? Es gab keins. Später habe ich das wunderbare Gefühl jenes Abends niemals wiedergefunden. Ich hatte keine Energie, mich um Jana zu kümmern. Ich weiß auch, dass es ihr nicht gut geht, aber ich kann sie jedenfalls nicht trösten.«

»Wer weiß, wie viele Herzen du gebrochen hast. Vielleicht sitzt ja auch jetzt gerade eine Schönheit draußen im Garten und vergießt bittere Tränen.«

»Ein Mann wie ich genießt gerade noch ein wenig Freiheit in Liebesdingen. Solange ich jemanden liebe, ist es ein echtes Gefühl.« Konrad nimmt behutsam eine der Garnelen heraus und hält sie Duanyue unter die Nase. »Ich weiß auch nicht, wann die Liebe vergeht.

Wenn jedoch keine Liebe mehr existiert, kann ich mich nicht dazu zwingen, aus Gewohnheit mit dieser Frau weiterzumachen.«

»Ach du, du läufst doch jeden Tag auf der Straße herum und suchst nach Verführung«, sagt Duanyue. »Wenn du nicht die Liebe einer Frau erringst, bist du doch nicht glücklich.«

Konrad bricht den Schwanz der Garnele ab, schält sie und schiebt Duanyue das heiße Fleisch in den Mund. »Wie kommt es, dass du auf einmal wie eine Richterin dasitzt? So hast du noch nie mit mir geredet. Wenn ich meine Augen nicht offen hielte und meine Ohren gespitzt hätte, wie hätte ich dich denn dann finden sollen? Ich bin nicht aus Holz und ich bin auch kein Übermensch. Wenn ich ein paar Frauen lieben darf, bin ich schon zufrieden.«

»Sag mal, was die Eröffnung meines Modesalons betrifft, hast du da schon eine Entscheidung getroffen? Du wolltest mir doch einen Kredit geben.« Duanyue gibt sich größte Mühe, ihre Stimme leicht, warm und angenehm klingen zu lassen, und begleitet die Frage mit einem schmelzenden Lächeln.

Aber Konrad hantiert mit Tellern und Gabeln, trägt Weißbrot, Käse, Schinken, Oliven, Artischocken und getrocknete Tomaten herbei und zum Schluss serviert er die Pfanne mit den dampfend heißen, rot gefärbten Garnelen. Er legt Duanyue ein Besteck hin, setzt sich neben sie und zieht sie auf seinen Schoß. Ihr wird das Zusammensitzen zu heiß, sie möchte hinunter. Aber stattdessen zieht ihr Konrad das Kleid aus.

Duanyue lässt sich brav füttern. Ein Bissen Weißbrot, eine heiße Garnele, die Konrad mit seinen gebräunten

Fingern zerbricht. Nur das Weißweinglas führt sie selber zum Mund, nachdem ihr Konrad das Fett von den Lippen gewischt hat.

»Sag doch endlich! Wirst du mir helfen? Hast du dich nun entschieden oder nicht?«, kehrt Duanyue zum alten Thema zurück. »Seit drei Monaten hältst du mich hin. Am Ende mach ich es einfach alleine!« Schmollend gräbt sie ihren Mund in die allmählich grau werdenden Haare auf seiner Brust.

»Hast du die Sache denn immer noch nicht vergessen?«, seufzt Konrad und seine breite Brust hebt sich.

»Ich weiß wohl, dass du diese Angelegenheit längst vergessen hast«, sagt Duanyue und berührt wie zufällig sein Geschlecht.

»Willst du denn gar nicht mehr für mich arbeiten? Wenn du weg bist, fehlen mir Arme und Beine.«

»Du wirst jemand Besseres als mich finden. In Berlin gibt es Frauen genug«, versetzt Duanyue mit einem Lächeln. Der Spalt unter ihren Augenlidern wird schmaler und weicher.

»Du bist also wirklich entschlossen?«, sagt Konrad.

»Soll ich denn alle Entscheidungen dir überlassen?«

Konrad wischt sich den Mund ab. »Deine chinesische Weisheit kommt wieder einmal an den Tag.« Er vergräbt seinen Kopf in ihrem Halsbogen. »Du bereitest mir ziemlichen Kummer. Wie kannst du es nur übers Herz bringen, mich zu verlassen.«

Duanyue streichelt sanft seinen Rücken: »Du hast mir viel gegeben, ich werde dich niemals vergessen.«

Konrad schiebt den Teller beiseite und zündet sich eine Zigarette an. »Ich habe schon früh gewusst, dass du kein Käfigvogel bist, sondern mich eines Tages verlassen würdest, um dich selbst durchzuschlagen. Dein Ehemann wollte dich wie ein Bündel einpacken und mit zurück nach China nehmen. Er war natürlich kein Gegner für dich. Aber das Modegeschäft ist sehr hart. Wenn das Geschäft nur mal eine Saison nicht gut läuft, dann erlebst du die nächste Saison gar nicht mehr, dann bist du für immer erledigt. Hier in Deutschland gibt es täglich so viele Unternehmenskonkurse wie Sand am Meer. Einmal Pleite gegangen, hat man das ganze Leben darunter zu leiden.«

»Das weiß ich. Ich möchte nur jeden Weg, den ich beschreite, von ganzem Herzen beschreiten. Wenn das Herz dabei ist, dann kann es auch Liebe geben, dann gibt es uns Stärke und dann kann man auch Rückschläge ertragen. Ich trage diesen Traum jetzt schon einige Jahre in mir herum, jetzt muss ich es einfach versuchen.«

»Ihr Chinesen könnt wirklich sehr hartnäckig sein!«

Duanyue: »Wirklich? Ich finde, dass ich immer nur in deinem Kielwasser segle und mich doch nie mit dir messen kann.«

Konrad lacht schallend auf: »Von allen Frauen, die ich kenne, bist nur du, die Chinesin, so stur. Wahrscheinlich wirst du sogar Erfolg haben.«

Duanyue: »Und von allen Deutschen, die ich kenne, bist du der ausschweifendste. Aber das Merkwürdigste ist, dass du ständig Erfolg hast, obwohl du überhaupt nicht ernsthaft bist.«

Konrad nimmt sie in den Arm und zieht sie noch enger an sich: »Hast du nicht bemerkt, dass wir einander sehr ähnlich sind?« Vergnügt steckt er Duanyue die Zigarette zwischen die Lippen und lässt sie einen Zug rauchen. »Lass mal hören, wie du den Markt erschließen willst.«

Duanyue bringt ihren Mund an Konrads Ohr und bläst ihm den Rauch hinein. Aus seiner Ohrmuschel steigt ein gemächlicher Rauchkringel. Er sieht aus wie ein Haufen Reisig, der still und heimlich vor sich hin brennt. Schließlich fängt der Mann an zu husten, und die Frau lacht triumphierend.

Duanyue: »Ich habe Hunderte von frischen und unverbrauchten Entwürfen zu Hause. So etwas haben die europäischen Designer gar nicht zu bieten. Natürlich weiß ich, dass all diese Faktoren auch gegenteilig wirken und zu meinem Scheitern beitragen können, aber ohne Risiko gibt es auch keinen Erfolg.«

Konrad legt seinen Kopf schief, nimmt etwas Abstand und misst sie mit seinem Blick: »Heute Nacht sitzt wirklich eine chinesische Philosophin auf meinem Schoß.« Er zieht an der Zigarette. »Was machst du, wenn du pleite bist?«

»Dann werde ich bei einem erfolgreichen Designer in die Lehre gehen und wieder von vorne anfangen.« Sie streicht mit ihrer Fußsohle über seine Wade. Er hebt ihren Kopf und gibt ihr einen Kuss.

»Also gut, ich gebe dir 20.000 als Startkapital. Die ersten 10.000 sind ein Geschenk zur Eröffnung, unter der Bedingung, dass du mir nicht die Tür weist, wenn ich deine Hilfe brauche. Die anderen 10.000 gibst du mir zurück, sobald du mit der Boutique schwarze Zahlen schreibst. Wenn es dir gelingt, Geld zu verdienen, gibst du mir jährlich fünf Prozent vom Gewinn, damit ich sehe, dass meine Investition kein Fehler gewesen ist. Wenn du kein Geld verdienst, brauchst du mir von den geliehenen 10.000 irgendwann nur das ursprüngliche Kapital zurückzuzahlen. Alles weitere hängt nur von dir selbst ab.« Konrad steht auf, holt sein Scheckheft hervor und stellt einen Scheck aus, den er Duanyue feierlich überreicht. »Was die restlichen 10.000 betrifft, komm nächste Woche in meine Firma, unterschreib einen Darlehensvertrag und ich lasse das Geld überweisen.«

Duanyues Augen strahlen aufgeregt. Sie umfasst Konrads Kopf, küsst ihn und küsst ihn noch einmal. »Gibst du mir wirklich so viel Kapital? Und ich habe immer geglaubt, dass du mich für ein kleines Kind hältst.«

»Bist du nicht abends immer noch zur Schule gegangen, um Modedesign zu studieren? Wenn ich dich gebeten habe, zu mir zu kommen, hattest du nie Zeit, warst auch am Wochenende noch heimlich beschäftigt. Hast du gedacht, ich merke das nicht? Und heute hast du mir diesen Bademantel geschenkt. Ich sehe doch, was du kannst.«

Duanyue streichelt Konrads Gesicht. »Du bist es, der mich gefördert hat. Das werde ich nie vergessen. Aber da ich dich nicht für mich allein haben kann, muss ich mich eben selbständig machen und den Rest meines Lebens als Single verbringen. So, und jetzt muss ich mal Pipi.«

Widerwillig lässt Konrad sie aufstehen, und während sie ins Bad geht, holt er eine Flasche Champagner und trägt sie ins Schlafzimmer. Mit müden Schritten kommt er wieder herunter, schaut in den Spiegel und prüft die Fältchen an seinen Augen. Er sieht plötzlich schrecklich erschöpft aus.

Aber kaum hört er die Spülung rauschen, da springt er zur Badezimmertür und wartet auf seine Beute. Als Duanyue herauskommt, fasst er sie hinterrücks um die Taille. Sie zappelt und schreit, ihr Kopf hängt nach unten, ihre Beine ragen hoch in die Luft, und sie erstickt fast vor Lachen. Aber Konrad hat sie sicher im Griff. Er trägt sie die Treppe hinauf und wirft sie aufs Bett und sich selbst, die Gelegenheit nutzend, gleich obendrauf, dass sie quietscht.

Duanyue ballt ihre Fäuste und hämmert auf seinen Rücken. »Du bist wie ein kleines Kind«, keucht sie lachend. »Du wirst ja immer verrückter.«

Konrad zwickt ihren Busen. »Verrückt zu sein ist doch wunderbar. Als du nach Deutschland gekommen bist, wusstest du gar nicht, wie man verrückt ist. Und jetzt schau dich an – jetzt kannst du auch verrückt sein. Du willst sogar einen Modesalon aufmachen. Bald wirst du mir über den Kopf wachsen. Dann werde ich noch verrückter als jetzt schon nach dir sein.«

Duanyue fixiert ihn mit ihren Augen. »Und wenn ich dich gar nicht mehr in mein Bett lasse? Kommst du dann trotzdem zu mir?«

Konrad knabbert an ihrem Finger und sagt: »Ich lasse dich einfach nicht weg. Ich sorge dafür, dass du auf immer und ewig an mich denkst.«

Dann reden sie nicht mehr weiter.

Die erwachenden Vogelstimmen der Morgendämmerung wecken Duanyue. Konrad schläft noch, sein Mund steht offen, seine Haare stehen ihm wirr um den Kopf und er schnarcht leise. Sie sieht das Wasserbett an, betrachtet den Mann auf dem Bett und ihre Augen werden allmählich von Traurigkeit überzogen. Sie küsst Konrad einmal auf die Wange und denkt bei sich: »Auf Wiedersehen, mein Geliebter, ich werd an dich denken.«

Danach steigt sie vorsichtig aus dem Bett, zieht sich erst unten an, wirft ihren schwarzen Lederrucksack über und geht mit zögernden Schritten zur Tür. Der Hund wedelt mit dem Schwanz und jault leise. Duanyue krault ihm sachte den Kopf und sagt: »Mach keinen Lärm!« Dann tritt sie hinaus in den Garten, wo die alten Bäume den Himmel stützen.

Am frühen Sonntagmorgen scheint auch der Wannsee zu schlafen. Weißer Nebel liegt über dem Wasser. Ein kühler Windhauch streicht über Duanyues Kleid. Schmerz und Einsamkeit der Trennung umklammern ihr Herz. Sie geht auf einem gewundenen Pfad durch den Wald und lauscht dem Gesang der Vögel. Laut schreiend streift ein Wildentenpärchen über den Himmel, und plötzlich fängt die Frau an zu weinen. Tränenperlen rollen ihr übers Gesicht. Unsicher geht sie in Richtung der Königsallee, von der Verkehrslärm herüber dringt. Die Sonne scheint auf ihr Gesicht und lässt jede einzelne Träne glitzern.

Fünf Jahre später, im April 1999, in der Nacht vor Karfreitag.

Duanyues Bewerbung als Modezeichnerin für den italienischen Modekonzern ist akzeptiert worden, die Laufzeit ihres Anstellungsvertrages beträgt ein Jahr. Sie will diese Chance auf keinen Fall verpassen, hat ihren kleinen Laden in Berlin verpachtet und wohnt jetzt in einer überteuerten Ein-Zimmer-Wohnung in Mailand.

An diesem Tag hat sie gerade fertig geduscht, als das Telefon klingelt. Sie trocknet sich mit der einen Hand die Haare und nimmt mit der anderen den Hörer ab. »Hallo?«

»Hallo, mein Schatz, guten Abend.« Das ist Markus.

»Liebster, wie geht's dir? Gestern Abend habe ich versucht dich anzurufen.« Ihre Stimme ist voller Freude.

»Wirklich? Wann war das? Ich war eigentlich die ganze Zeit zu Hause.«

»Es war so gegen halb elf.«

»Das ist ja unglaublich. Um die Zeit hab ich doch bei dir angerufen! Es war ständig besetzt.«

»Oje.« Duanyue schüttelt den Kopf. »Das haben wir ja toll hingekriegt!«

»Tja, vor lauter Gleichklang haben wir am Schluss nicht miteinander geredet«, sagt Markus.

Duanyue lacht. »Das ist bei uns Schicksal. Das war doch von Anfang an so. Die Geschichte mit dem Schuh war doch völlig unglaublich. Ich habe noch nie einen Schuh verloren, jedenfalls nicht auf der Straße. Erst als du neben mir gestanden hast in der U-Bahn.«

Es war wirklich eine tolle Nummer gewesen. Sie war am Wittenbergplatz aus der U1 gestiegen und hatte einen ihrer teuren Pumps verloren. Er war genau in den Spalt zwischen dem Waggon und dem Bahnsteig gefallen. Als der Zug aus dem Bahnhof rollte, hüpfte Duanyue auf einem Bein herum und überlegte verzweifelt, wie sie wieder an ihren Schuh kommen sollte.

Da war Markus zu ihrem Ritter und Retter geworden. Mit einem kühnen Sprung war er zwischen den Geleisen gelandet, hatte den Schuh aufgehoben und war blitzschnell wieder zurück auf den Bahnsteig geklettert.

»Ist das vielleicht Ihrer?«, hatte er überflüssigerweise gesagt, als er Duanyue den Schuh überreichte.

Duanyue saß inzwischen auf einer Bank. Sie war errötet wie eine Pfirsichblüte und hatte sich widerstandslos zu einem Kaffee bei Tchibo einladen lassen. Trotz der eher kümmerlichen Umgebung hatten sich die beiden gleich gut verstanden.

»Das war doch nicht deine Schuld«, sagt Markus zärtlich, »das ist die Schuld der BVG. Im letzten Jahr ist ein fünfjähriges Kind mit dem Fuß ins Leere getreten und in den Zwischenraum zwischen U-Bahnwaggon und Bahnsteig gefallen. Wenn der Abstand so weit ist, dann ist das einfach gefährlich.«

»Ich hatte solche Angst um dich, als du auf die Gleise gesprungen bist«, sagt Duanyue. »Ich dachte, jeden Augenblick fährt ein Zug ein und du bist tot. Es donnerte ja schon im Tunnel, und du hast mir gleich gut gefallen. Du hättest alles mit mir machen können, als du wieder heil vor mir standest.«

Am anderen Ende des Hörers herrscht tiefe Stille, dann klingt eine heisere Stimme herüber: »Das, was du da zuletzt gesagt hast, das höre ich heute zum ersten Mal. Ich war mir eigentlich ziemlich sicher, dass kein Zug kommen würde, es war ja gerade einer gefahren. Als ich dir den Schuh in die Hand gedrückt habe, hast du gesagt: ›Ich glaube, ich kann gar nicht mehr aufstehen.‹ Ich dachte, du machst einen Witz.«

»Nein, ich hatte total weiche Knie.« Duanyue kichert. »Damals habe ich natürlich sofort bereut, was ich gerade gesagt hatte. Du hast mich von allen Seiten angesehen, und ich hab mich gefragt, ob ich mir womöglich vor Schreck in die Hose gemacht hätte.«

»Ich habe geglaubt, dass ich heroisch ausgesehen hätte.«

»Du hast sogar was sehr Poetisches gesagt, was ich im Gedächtnis behalten habe. Du hast gesagt: ›Dieser Schuh ist ein lebendiger Schuh, er ist noch ganz warm. Wenn du deinen Fuß reinsteckst, kannst du mit Sicherheit wieder aufstehen.‹ In Wirklichkeit war es natürlich bloß ein dummer Stöckelschuh, der dich in große Gefahr gebracht hat, aber danach war es wirklich ein richtig lebendiger Schuh. Ich habe ihn heut noch.«

»Dann hast du dir also gemerkt, was ich damals gesagt habe. Und ich habe noch gedacht, der einfältige Eindruck in deinem Gesicht kommt daher, dass du unter Schock stehst.«

Während Duanyue spricht, denkt sie nach: »Nein, es war anders. Ich hatte das Gefühl, die Zauberkraft des Lebens drückt mich zu Boden. Ich konnte keinen Finger rühren, geschweige denn meinen Schuh wieder anziehen. Du musstest dich auf den Boden knien, wie der Prinz vor Aschenputtel, und mir meinen Schuh wieder über den Fuß streifen. Ich glaube, ich hatte im Grunde nur Angst, dass du sofort weggehen würdest.«

»Ich habe mich natürlich auch gefragt, ob es was zu bedeuten hat, dass ausgerechnet die Person vor mir so ungeschickt war, beim Aussteigen plötzlich zu stolpern. Du bist stehen geblieben und so komisch herumgehüpft, und ich wäre um ein Haar mit dir zusammengestoßen. Das war mir ziemlich peinlich und deshalb bin ich auch gleich auf die Gleise gesprungen.«

Duanyue setzt sich schräg aufs Bett und betrachtet ihre nackten Knie, als ob ihre Gedanken darauf geschrieben stünden. »Unsere erste Begegnung hatte wirklich etwas von einem Wunder. Als ich dich damals zum ersten Mal gesehen habe, hatte ich sofort ein sehr eigenartiges Gefühl, ein Gefühl, wie ich es seit Jahren nicht mehr gehabt hatte, so, als ob ein Meteor vom Himmel gefallen sei oder als ob sich eine Sonnenfinsternis ereigne. Hier sehen die Menschen die Dinge wahrscheinlich nicht auf diese Weise, doch in China denkt jeder so. Damals habe ich gespürt, dass unsere Begegnung etwas bedeutet. Worin die Bedeutung genau lag, konnte ich allerdings nicht entschlüsseln. Ich habe sie lediglich gespürt.«

»Und? Hast du die Prophezeiung inzwischen entschlüsselt?«

»Im letzten halben Jahr habe ich oft daran gedacht. Es ist mir ein wenig peinlich, es dir zu sagen, aber ich habe das Rätsel nicht lösen können.«

»Morgen bin ich bei dir in Mailand«, sagt Markus, »wahrscheinlich können wir das Rätsel nur lösen, wenn wir zusammen sind.«

Der Abendwind lässt die Fenstervorhänge flattern. Duanyue streckt sich und heißt die Liebkosung willkommen. »Ich habe Angst«, sagt sie. »Wir haben uns doch erst zweimal gesehen, auch wenn wir jeden Tag telefonieren. Wir haben noch nie unter einem Dach gewohnt. Ich war noch nie bei dir, und du hast auch nie meine Wohnung in Berlin gesehen. Ich weiß nicht, ob wir uns immer noch so gut verstehen werden, wenn wir uns erst mal gegenübersitzen.«

»Wenn du willst, kann ich ja im Hotel wohnen«, sagt er. »Wenn wir nicht zusammenpassen, soll keiner von uns den anderen bedrängen, in Ordnung?«

»Das ist es nicht, was ich gemeint habe«, erklärt

Duanyue hastig, »ich habe Angst, dass wir … Weißt du, unsere Begegnung war so wunderbar. Sie hat mir das Gefühl vermittelt, dass wir uns auf sehr tiefe Weise verstehen. Wenn du morgen ankommst und wir einander gegenüberstehen, könnte das alles plötzlich verschwinden. Dann kriegt die Welt einen Riss, und wir fallen hinein und tauchen womöglich nie wieder auf.«

»Ich glaube nicht, dass es so kommt. Außerdem habe ich gar nichts dagegen, in ein tiefes, tiefes Loch mit dir zu fallen. Wir verstehen uns doch schon so gut, dass wir uns gleichzeitig anzurufen versuchen. Ich habe keine Angst davor, deinen Alltag kennen zu lernen und in deiner Welt mit dir zu wohnen. Und wenn es uns beiden zu eng wird, finden wir schon eine Lösung, wir sind ja beide keine Teenager mehr.«

Das ist richtig. Duanyue ist vor einigen Wochen vierzig geworden. Das hat sie Markus allerdings nicht erzählt.

»Es wäre schön, wenn du recht hättest«, sagt sie mit weicher Stimme.

Der Wind hat einen süßen Duft aus dem Garten hereingetragen. »Hier blühen jetzt alle Bäume«, sagt Duanyue. »Das wird dir gefallen. Und die Leute sind auch so nett. So herzlich, und außerdem können sie flirten und Komplimente machen.«

»Na, hoffentlich magst du mich dann überhaupt noch, vor lauter flirtenden Italienern.«

Duanyue fährt sich mit den Fingern durchs Haar und lacht auf. »Ich fühle mich schon so deutsch, hast du's nicht gemerkt? Als ich letztes Jahr in Shanghai war, hatte ich das Gefühl, mein Chinesisch sei schon ganz holprig geworden. Wenn du nicht jeden Tag mit mir reden würdest, müsste ich vor Einsamkeit sterben. Manchmal träume ich davon, in Italien zu leben, doch ich weiß, dass ich wieder nach Deutschland zurückkehren werde. Jetzt warte ich nur noch auf deine Ankunft.«

»Soll ich dir was mitbringen?«

»Ja«, sagt sie. »Dich sollst du mitbringen. Dich will ich haben.« Duanyue dreht sich mit dem Kopf in Richtung des offenen Fensters. »Hörst du die Vogelrufe? Es ist zwar schon spät, aber es ist noch nicht dunkel und in den Bäumen zwitschern die Vögel. Es gibt hier einen Vogel, dessen Stimme besonders hell und klar klingt. Es hört sich an, als riefe er *Wo ai, Wo ai*. Den höre ich morgens als Erstes, und auch am Abend singt er am längsten.«

»*Wo ai?* Was soll das bedeuten?«

Duanyue lacht, und ihr Lachen klingt ein wenig verlegen. »Auf Chinesisch heißt das: ›Ich lieb dich, ich lieb dich.‹«

Markus lacht. »Sagst du nicht immer, dass Vögel auch Prophezeiungen machen können? Vielleicht ist der Gesang des Vogels die Lösung des Rätsels.«

Stille. Dann sagt sie: »Ich sehne mich so nach dir. Ich halte das Warten einfach gar nicht mehr aus.«

»Schatz, ich halte es auch nicht mehr aus. Ich werde die ganze Nacht an dich denken.«

»Und ich an dich.«

»Morgen wird alles anders. Morgen bin ich bei dir.«

»Morgen müssen wir uns zum ersten Mal nicht mehr nur in der Vorstellung lieben, sondern können mit unseren Körpern zusammen sein.«

»Ach, ich weiß gar nicht, wie ich die Zeit bis morgen noch aushalten soll.«

»Ich warte auf dich, Liebster!«

Nachdem sie aufgelegt hat, setzt sich Duanyue auf den Balkon zur Straße und isst Oliven, während sie die Menschen auf der Straße beobachtet. Sie sieht den Italienern gern zu, sie liebt ihre reiche und theatralische Gestik und ihr gefühlvolles Mienenspiel. Eine Bar, eine Bäckerei, dazu noch die Tische und Stühle eines Restaurants sind alle in ihrem Blickfeld. Es ist die Stunde des *Corso*, und Dutzende von jungen Männern und junge Frauen flanieren und flirten. Der Springbrunnen im Zentrum des Platzes untermalt noch die menschlichen Stimmen. Die Szene ist die reinste Ballade.

Inzwischen ist es ganz dunkel geworden. Vor der Bar gehen die Lichter an, eine kleine Band beginnt zu spielen, ein Sänger tritt vor und stimmt ein italienisches Lied an. Seine Stimme ist ausdrucksstark und klangvoll, sie erfüllt die Nacht und lässt Duanyue neue Kraft spüren. Obwohl sie nicht einen Vers des Liedes versteht, spürt sie doch genau jedes einzelne Gefühl: Liebe, Trauer und Schmerz. Sie fühlt sich, als sei sie eine auf eine Harfe aufgezogene Saite.

Erst um Mitternacht schließt Duanyue das Fenster und legt sich aufs Bett. Vielleicht könnte ich ja mit Markus ein Kind haben, denkt sie. Dann schüttelt sie den Kopf. Sie hat ja noch nicht mal mit ihm geschlafen und träumt schon von einem Kind. Das müssen wohl die Hormone sein.

Sie wälzt sich im Bett hin und her, streichelt sich und stöhnt leise. Eines Tages werde ich meine eigene Mode in Paris zeigen! Bei diesem Gedanken gleichen ihre Augen zwei im Dunkeln leuchtenden Perlen, die auf einer schwarzen Wasserfläche dahintreiben.

Sie denkt an ihren Ex-Mann, der ohne sie nach China

zurückkehren musste, sie denkt an Konrad, dessen Unterstützung sie ihre jetzige Stellung verdankt und der vor drei Jahren ganz unerwartet auf einer Reise gestorben ist. Nein, sie wird heute Nacht nicht weinen, denkt sie. Aber die Tränen laufen ihr schon übers Gesicht.

Morgen wird ein neuer Lebensabschnitt beginnen. Sie wird ganz vorsichtig sein. Bloß keine neuen Enttäuschungen mehr. Das Glück wird kommen, da ist sie ganz sicher.

Ein deutsches Kopfkissen

Ein großes deutsches Kopfkissen mit den Ausmaßen eines Kaffeehaustisches liegt am oberen Ende des Bettes. Wie ein großer Hexenmeister einen kleinen übersieht, so blickt es hochmütig auf das flache, kaum DIN-A4 große chinesische Kissen an seiner Seite und den darauf gebetteten Kopf der kleinen Chinesin hinweg. In diesem ruht ein rundes, nachtschwarzes Augenpaar, das im fahlen Dämmerlicht starr auf das bedrohliche Monstrum gerichtet ist. Plötzlich hebt sich der Arm der kleinen Chinesin und saust mit aller Kraft auf das neben ihr liegende Kopfkissen. »Puff« entweicht die Luft aus dem von schlanker Hand platt geschlagenen Kissenbauch. Befriedigt kehrt die Hand zurück unter die Bettdecke. Die schwarzen Augen schließen sich für eine Sekunde, öffnen sich und starren erneut auf das Kopfkissen.

Yuchi Yuni traut ihren Augen nicht: Im Nu hat sich das Monster wieder mit Luft gefüllt und seine ursprüngliche Gestalt angenommen. Sogar das Wiedereinströmen der Luft glaubt Yuni vernommen zu haben. Das Kissen ist so weiß und prall wie der Bauch einer Schwangeren und plustert sich so vornehm auf, als sei es von einzigartiger Kostbarkeit.

Yuni erträgt es nicht länger, sie wirbelt im Bett herum, zieht die Beine an und katapultiert sie nach vorn. Das Kissen macht einen Purzelbaum, dreht sich noch einmal und plumpst auf den Boden. Die Welt vor Yunis Augen ist plötzlich viel größer geworden und die Beklemmung in ihrer Brust ist gewichen.

In der nächtlichen Dunkelheit vor dem Haus ist schon lange niemand mehr vorbeigekommen. Lediglich das gleichmäßige Geräusch der Autos im Kreisverkehr dringt an ihr Ohr. Die Bewohner der Wielandstraße rings herum schlummern längst und auch das Liebespaar im Hinterhof, das häufig mitten in der Nacht und stets bei offenem Fenster seine Lust herausschreit, ist nach der heutigen Runde friedlich in Schlaf versunken. Yuni jedoch wälzt sich noch immer schlaflos hin und her.

Endlich hört sie ein Motorrad am oberen Ende der Straße. Das ist gewiss ihr heimkehrender Freund Balla Balla. Aber das Motorrad knattert am Fenster vorbei ohne anzuhalten und das Motorengeräusch wird wieder leiser. Yuni sinkt wieder in sich zusammen. Die Enttäuschung sitzt ihr wie ein gewaltiger Kloß in der Brust.

Als das Motorrad endgültig weg ist, verlässt sie das Bett. Drei Uhr morgens. Yuni öffnet das Fenster, lehnt sich hinaus und blickt auf die Straße. Im fahlgelben Licht der Straßenlaternen ist keine Menschenseele zu sehen. Nach einer ganzen Weile vernimmt sie Schritte, die langsam näher kommen. Es scheint sich um einen Betrunkenen zu handeln, die Schritte sind abwechselnd leicht und schwer. Eine Flasche zerschellt auf dem Boden, und am anderen Ende der Straße fängt ein Hund an zu bellen. Der Betrunkene regt sich darüber auf und beginnt laut zu schimpfen. An seiner kaputten Stimme, die aus einer vom Alkohol zerlöcherten Kehle zu kommen scheint, erkennt Yuni den Hausmeister.

Im Fenster des kleinen Puffs schräg gegenüber sind kleine rote Lämpchen zu einem Herz angeordnet und blinken hinaus in die Nacht. AN – AUS – AN – AUS. Komm rein, komm rein. AN – AUS – AN – AUS. Komm rein, hier schlägt noch ein Herz.

Yuni schaut eine Weile zu. Wer da wohl drin ist? Seit zwei Jahren wohnt sie jetzt hier in diesem Land, in dieser Straße, in dieser Wohnung, aber an das Bordell da drüben kann sie sich nicht gewöhnen.

Sie will gerade zurück ins Bett gehen, als plötzlich die Tür des Puffs aufgerissen wird. Ein Mann mit kurzem Haar kommt heraus. Sie glaubt das Gel riechen zu können, das auf seinem Kopf glänzt. Yuni beugt sich weit vor. Sie möchte wirklich gern wissen, wie ein Mann aussieht, der mitten in der Nacht aus einem Puff kommt. Der Mann senkt jedoch den Kopf und steckt sich eine Zigarette an. Er schlendert in aller Seelenruhe und selbstzufrieden davon, biegt um die Ecke und ist verschwunden.

Yuni schließt das Fenster und geht in die Küche, um Wasser für eine heiße Sojamilch aufzusetzen. Neben dem Herd hängt ein Kalender, die Markierung steht auf dem 7. Juni. Wütend dreht sie den Kalender zur Wand und knipst das Licht aus. Die zischende blaue Flamme des Gasherds beleuchtet die Küche. Wird es draußen schon hell?

Als sie die Sojamilch getrunken hat und gerade wieder ins Bett gehen will, hört sie, wie sich langsam ein

Schlüssel im Schloss dreht, jemand hereinkommt und seine Schuhe auszieht. Die Person macht kein Licht. Leise und vorsichtig schleicht sie den Flur entlang. Als der Umriss des Mannes in der Küchentür sichtbar wird, sagt Yuni: »Guten Morgen, Schatz.«

Der Mann ist gerade dabei, behutsam ein Bein vorzustrecken, um mit den Zehen nach den verräterisch knarrenden Dielen zu tasten. Als er jetzt plötzlich angesprochen wird, erschrickt er zu Tode. Es dauert fast drei Sekunden, bis er die Kontrolle über seinen Körper wiedergewinnt und den Kopf zur Küche hin dreht. In der Dunkelheit erkennt er den schemenhaften Umriss der jungen Frau, die am Küchentisch sitzt.

»Schatz« fängt nervös an zu plappern. »Ah, bist du auch erst nach Hause gekommen? Warum sitzt du denn ohne Licht hier im Dunkeln?« Er macht das Licht an und gibt Yuni einen flüchtigen Kuss. Dann legt er den Motorradhelm ins Regal, zieht seine schwarze Lederjacke aus und kehrt zögernd in die Küche zurück.

»Yuni, du siehst ja ganz fertig aus, was sitzt du denn noch hier? Hast du dich mit deinem Verehrer gestritten?« »Schatz« weiß nicht recht, was er sagen soll, und sucht nach einem harmlosen Thema.

»Thorsten ist nicht mein Verehrer«, sagt Yuni, obwohl sie weiß, dass das nicht ganz stimmt. Sie hat den Dozenten in ihrem Deutschkurs schon öfter dabei erwischt, dass er ihr merkwürdige Blicke zuwirft. »Lass uns lieber mal über dich reden, Balla Balla. Hast du nicht gesagt, dass du deiner Ex-Freundin bloß ein paar Bücher zurückbringen musst? Wie kommt es dann, dass du jetzt erst nach Haus kommst?« Yuni sitzt ganz gekrümmt auf dem Stuhl, die Arme die Beine umfassend, den Kopf zwischen den Knien vergraben. Sie hat ihr Gesicht nur einen Moment angehoben, um es dann schnell wieder sinken zu lassen.

Balla Balla hat sie ihren Freund deshalb genannt, weil er am Anfang ihrer Beziehung immer einen populären Song gesungen hat, in dessen Refrain die Worte Balla Balla vorkamen. Später hat sie dann gemerkt, dass die Deutschen auch einen Verrückten so nennen. Das passte gut zu diesem unzuverlässigen Typen, fand sie.

Balla Balla greift nach einem Kollegheft, das auf dem Tisch liegt, und fächelt sich damit Luft zu. Es scheint nicht viel zu helfen. Er steht auf und rennt in der Küche umher. »Heute bin ich gestürzt«, erklärt er, ohne auf Yuni einzugehen.

Die kleine Chinesin öffnet die Augen und sieht ihn an. Zu diesem Zeitpunkt sieht sie ihn zum ersten Mal wirklich an. »Ist das Motorrad kaputt?«

»Deinem Gesichtsausdruck nach zu urteilen, hoffst du wohl, dass mein Motorrad kaputt ist?«, lacht Balla Balla. »Ich muss dich leider enttäuschen. Bloß meine Hose ist etwas abgeschabt. Allerdings ist auch bei Lydias Beinen ein ganzes Stück Haut weggeschürft.«

»Aha, und was hat sie auf deinem Motorrad gemacht?«

»Ach, sie wollte eigentlich bloß mal eine Runde um den Block mit mir fahren. Du weißt ja, die neue Maschine. Aber dann sind wir draußen am Wannsee gewesen und haben gebadet. Und auf der Rückfahrt sind wir gestürzt.«

»Und nachdem du ihr die Beine zerschürft hast, hast du es übers Herz gebracht, sie einfach alleine zu lassen? Warum bist du nicht gleich die ganze Nacht dageblieben?« Yuni wirft ihrem Freund, der wie ein wandelnder Baum vor ihr aufragt, obwohl er mit seinen 1,85 m für einen Deutschen nicht sonderlich groß ist, einen stechenden Blick zu.

Der Mann antwortet nicht. Er macht sich ein Glas Sodawasser mit Eis, trinkt es in einem Zug leer, schaut seine Liebste an und zieht ein schiefes Gesicht. Wenn sie ihn sonst so sieht, muss Yuni immer lachen, doch heute ist sie nicht bereit, ihm auch nur einen einzigen angenehmen Blick zu schenken. Balla Balla krümmt jetzt die Finger der linken Hand und lässt sie als Ameisen über den Tisch krabbeln. Zwei der Krabbeltiere hüpfen auf Yunis Knie, schauen sich in alle Richtungen um, tun so, als wüssten sie nicht aus noch ein, richten sich dann auf und grüßen Yuni wie betende Mönche. Unter gewöhnlichen Umständen würde Yuni sich jetzt auf den Schoß ihres Geliebten setzen und zärtlich sein. Vor zwei Jahren, als die beiden zum ersten Mal miteinander geschlafen haben, sind es gerade Balla Ballas Krabbelfinger gewesen, die sie miteinander verkuppelt haben, als sie von ihrer Hand bis zur Schulter geklettert sind. Doch heute ist Yuni wenig empfänglich für solche Spiele und fegt die Ameisen mit einer Handbewegung von ihrem Knie, als wären es wirklich lästige Kerbtiere.

»Weißt du, ich bin extra an der Ecke abgestiegen und habe das Motorrad bis zum Eingang geschoben, um deinen Schlaf nicht zu stören«, sagt Balla Balla. »Nie hätte ich gedacht, dass du noch gar nicht schläfst. Du hast sicher wieder eine Menge Kaffee mit Thorsten getrunken, oder?«

»Ich weiß sehr gut, warum du das Motorrad geschoben hast. Du hast wohl ein schlechtes Gewissen.«

Balla Balla gibt ihr einen Schubs: »Erzähl mir lieber, wie lange du wieder mit Thorsten im Café gesessen hast nach dem Deutschunterricht!«

»Ich hab nichts mit Thorsten. Ich würde nie etwas mit ihm anfangen. Wir sind beide moralische Menschen. Um kurz nach neun hat er sich verabschiedet und um halb zehn war ich zu Hause. Ich lasse mich nicht so treiben wie du.«

»Immer, wenn du über Thorsten redest, sprühst du vor Begeisterung. Es kommt mir dann immer so vor, als könnte er auf dem Wasser gehen. Ich glaub dir einfach nicht, dass da nichts dahintersteckt. Sei bloß nicht so scheinheilig.«

Als Yuni das hört, versetzt sie ihrem Glas einen Stoß, dass es gegen den Toaster prallt und auf dem Tisch umkippt. Die restliche Sojamilch läuft heraus. »Was heißt das schon, wenn ich ihn mal lobe? Trotzdem habe ich nie was mit ihm gehabt. Ich bin immer ganz offen und durchsichtig. Selbst wenn ich den ganzen Tag lang allein mit ihm in einem Zimmer säße, würde nichts weiter geschehen. Wir sind einfach Freunde, sonst nichts. Aber schau bloß mal in den Spiegel, man sieht es dir am Gesicht an, was du mit Lydia gemacht hast. Oder traust du dich etwa zu schwören, dass da nichts war?«

Balla Balla hebt die Hand, als wollte er tatsächlich einen Schwur leisten. Doch dann überlegt er sich anders, hält die Hand vor die Nase und niest: »Du bist zum Studieren nach Deutschland gekommen, offenbar speziell für eine Weiterbildung im Fach Eifersucht, wie mir scheint. Dieses Fach ist deine Stärke, da brauchst du meine Hilfe nicht. Ich gehe lieber schlafen.«

»Langsam, langsam. Wenn du schlafen willst, ist das

in Ordnung, aber zuerst lass mich mal noch einen vernünftigen Satz hören.«

»Ich hab dir doch schon gesagt, zwischen mir und Lydia, das ist eine alte Geschichte. So was kann man nicht so einfach beenden, aber ich bin nicht mit ihr ins Bett gegangen. Was willst du denn noch hören?«

»Wenn du so spät nach Hause kommst, ist doch wohl eine Erklärung fällig!«

»Wenn du dich mit Thorsten triffst, kommst du manchmal auch erst spät nach Hause. Da habe ich auch nicht gefragt.«

»Du weißt ja auch sehr genau: Ich bin ich, und er ist er. Du bist der Einzige, den ich liebe.«

»Ich liebe dich auch.« Balla Balla sagt dies mit einer Stimme, die weich wie chinesische Seide ist. Es ist kaum vorstellbar, dass eine solche Stimme aus einem derart großen Körper kommen kann.

»Hm, ich weiß, wie du mich liebst. Ich bin die Hauptliebe und Lydia die Nebenliebe. Man kann doch mehr als eine Person lieben. Dieser Satz stammt nicht von mir.«

»Aber Schatz«, Balla Balla stellt sich neben Yuni und streichelt ihr Haar, »ich bin nun mal in Deutschland aufgewachsen. Hier denken die Leute offener. Ich glaube, dass die Liebesfähigkeit eines Menschen sehr groß ist. Man kann gleichzeitig mehrere Menschen lieben, aber es gibt selbstverständlich verschiedene Ebenen. Das hat doch nichts mit Lügen zu tun.«

»Du müsstest dich mal hören, wenn du so redest. Ich würde wirklich gern wissen, was du mit Liebe meinst. Alle paar Wochen verlierst du den Kopf und lässt dich auf Dinge ein, die du überhaupt nicht verantworten kannst. Streite es bloß nicht ab! Einmal willst du hier eine weibliche Schulter berühren, dann wieder jene umarmen und küssen. Und auf der Straße schaust du auch jedem Rock hinterher. Wo bleiben da deine ›verschiedenen Ebenen‹? Die Ebene, die du meinst, ist immer dieselbe: das Bett.«

»Hier bei uns gibt es nicht dieses chinesische Abstandhalten zwischen Mann und Frau. Unsere Gesellschaft ist kapitalistisch, und jede Frau möchte gern attraktiv sein, verstehst du? Und das ist auch ganz natürlich. Männer schätzen nun einmal Attraktivität, das ist doch natürlicher. In China bist du sechsundzwanzig geworden, ehe ein Mann deine Reize zu schätzen gewusst hat. Als du hierhergekommen bist, hat es kaum eine Woche gedauert, bis ich mich in dich verliebt habe. Wenn ich nicht die Frauen zu schätzen wüsste, würden wir vielleicht heute noch ›kameradschaftlich‹ nebeneinanderher rennen. Wäre das nicht schade?«

»Versuch jetzt nicht auszuweichen. Sag doch mal klar und unmissverständlich, wie viele Frauen du im Kopf hast und in wie vielen Betten du abwechselnd Dienst schiebst?«

»Was hast du heute denn für einen Ton am Leib! Du hast doch selber Haupt- und Nebenlieben? Wenn du über Thorsten sprichst, leuchten deine Augen wie Glühbirnen. Man könnte ein Buch dabei lesen. Wenn du von mir sprichst, habe ich diesen Ausdruck noch nie in deinen Augen gesehen. Tu doch nicht so, als ob du ihn nicht liebst. Ich weiß es genau, nur habe ich es nicht wahrhaben wollen.« Balla Balla hält Yuni den Mund zu. »Ich weiß schon, was du jetzt sagen willst: ›Der Stein in der Latrine ist sowohl übel riechend als auch hart.‹

Aber lass gut sein, du brauchst mich nicht zu beschimpfen. Das nächste Live-Programm ist nicht öffentlich: ›Die Liebenden treten ins Brautgemach ein‹, o. k.?«

Balla Balla bringt seine Lippen an Yunis Ohrmuschel, hebt die kleine Chinesin auf, löscht mit der Schulter das Küchenlicht und tastet sich im Dunkeln hinüber zum Schlafzimmer.

»Du bist wirklich ein harter Stein, der tausend Jahre in der Latrine gelegen hat«, schimpft Yuni, doch Balla Balla wirft sich schon mit ihr zusammen aufs Bett. Der Bettrahmen quietscht.

»Wenn du jetzt noch weiter schimpfst, wird sich das, was eigentlich hart sein sollte, in ein weiches Häufchen Elend verwandeln«, sagt Balla Balla.

Yuni streckt die Hand aus und lässt sie prüfend nach unten wandern: »Du bist mir wirklich ein deutscher Ah Q. Wenn man dich so lange schlägt, bis du überall Beulen hast, sagst du noch, du wärst ein wohlgenährtes Dickerchen …«

Balla Balla presst seine Lippen auf Yunis Mund, um nicht noch mehr hören zu müssen. Yuni dreht ihren Kopf zur Seite, um sich zu befreien. Aber Balla Balla lässt sie nicht frei. Sein Körper dreht sich ebenfalls mit, schlingt sich um Yunis Körper, beginnt, sich hin und her zu bewegen. Schließlich kann sie ihn nicht länger wegstoßen. Sie gibt den Ringkampf auf und lässt ihn gewähren. Sie weiß, was jetzt kommt: Er wird seinen Schwanz in sie reinstecken, irgendwann wird sie sich winden und stöhnen, und danach wird alles wieder so sein wie immer, er wird herumstolzieren wie ein aufgeblasener Gockel und sie wird ein liebes Gesicht machen, denn sie haben sich ja »versöhnt«.

Aber diesmal ist es ein bisschen anders. Yuni wehrt sich zwar nicht, aber ganz gleich, wie ihr Freund sich bemüht, sie bleibt reglos liegen, als wäre sie nicht bei Bewusstsein.

»Küss mich, Liebste!«, zwitschert Balla Balla.

Von Yuni kommt nicht die geringste Reaktion.

Der Mann ergreift Yunis Hand und lässt sie über seine Brust fahren, aber in dem Moment, in dem er sie wieder freigibt, fällt ihre Hand schlaff herab. Daraufhin streichelt Balla Balla sich selbst. Als aus Yunis Nasenlöchern ein kaltes Lachen herausdringt, hält er überrascht inne. Seine Bewegungen werden langsamer. Schließlich weiß er nicht mehr weiter und wälzt sich von Yunis Körper herunter.

Auf dem Bett herrscht plötzliche Stille. Die beiden liegen da, als seien sie soeben aus einem Traum aufgewacht. Beide starren nebeneinander an die Decke und jeder von ihnen denkt an das, was er selbst auf dem Herzen hat. Draußen fährt ein Auto auf dem Kopfsteinpflaster vorbei, und sein Scheinwerferlicht fällt schräg durch die Jalousie auf die Zimmerdecke. Einen Augenblick später ist es wieder dunkel und auf der Straße wird es ganz ruhig. Nur eine Amsel beginnt ihren Morgengesang und kann offenbar nicht genug davon bekommen.

»Sag mal, Schatz, kommen nicht bald deine Tage?«

Yuni antwortet nicht.

Balla Balla hebt ein wenig den Kopf, wirft der Frau einen prüfenden Blick zu und sieht in ihren Augen einen eigenartigen Glanz.

»Lass uns erst einmal schlafen«, sagt er. »Dann können wir es immer noch tun, einverstanden?«

»Du hast deine Kanone doch draußen schon abgeschossen, warum willst du es da zum Schein noch einmal für mich tun?« Zornentbrannt versetzt Yuni ihrem Freund einen Stoß und dreht sich zur Seite.

»Sag doch nicht so was! Ich hatte einen kleinen Unfall und bin durcheinander. Morgen ist alles wieder normal«, sagt Balla Balla.

»Du riechst nach Rauch und nach Schweiß. Wenn ich das rieche, dann weiß ich Bescheid.« Yuni rückt noch ein wenig weiter ab.

»Oh!« Balla Balla lässt sich auf den Rücken sinken. Erst jetzt fällt ihm auf, dass das Kopfkissen fehlt. Er streckt die Hand aus und tastet nach oben. Schließlich findet er es auf dem Boden. Er denkt nicht weiter darüber nach, hebt es auf, klopft es locker und schiebt es sich unter den Kopf. Yuni dreht sich um und befördert mit einem kräftigen Stoß das halbe Kopfkissen samt dem darauf liegenden Kopf über den Bettrand hinaus.

»Wenn ihr am Wannsee wart«, sagt sie, »warum stinkst du dann nach Rauch?«

Balla Balla sagt lange nichts und gibt dann verzagt zu: »Wir sind später noch in eine Disko gegangen.« Nach einem Augenblick der Stille fragt er: »Stört dich außer dem Rauch noch irgendwas?«

»Wir verbringen so viel Zeit miteinander, aber du gibst mir nie ein Zeichen von Zärtlichkeit oder Liebe. Erst wenn ich schlechte Laune habe, kommst du plötzlich auf verrückte Einfälle und willst unbedingt eine Runde tollkühn sein ... Das nutzt mir aber auch nichts. Am Ende machst du dann doch schlapp.«

Balla Balla atmet tief durch, steigt aus dem Bett und reibt sein Gesicht, während er mit schleppenden Beinen aus dem Schlafzimmer geht. Yuni heftet ihre Augen im Dunkeln fest auf die schattenhafte Figur. Endlich fällt dem Kerl nichts mehr ein. Yuni ist beinahe zufrieden.

Die Schlafzimmertür schließt sich. Nach einer Weile hört Yuni das Geräusch des Rasierapparats, das aus dem Bad dringt, danach das Rauschen der Dusche. Nachdem wohl ungefähr eine Stunde so im Dunkeln vergangen ist, sind Balla Ballas Schritte wieder zu hören. Er ist in die Küche gegangen. Zehn Minuten später erfüllt ein bitterer Kaffeegeruch die Luft.

Yuni hält es auf dem Bett nicht mehr aus, sie steht auf und geht in die Küche, wo Balla Balla die Beine auf den Tisch gelegt hat und unter der Lampe den ›Spiegel‹ liest, in der Hand einen Becher dampfenden Kaffee. Als Yuni ihn in dieser Haltung sieht, weiß sie, dass Balla Balla zu seinem Normalzustand zurückgekehrt ist.

»Heute ist Sonntag, warum schläfst du nicht?«, fragt er gelassen. Die vorangegangen Ereignisse hat er bereits völlig vergessen, auf seinem Gesicht liegt ein glücklicher und friedlicher Ausdruck. Er schaut auf die Wanduhr. Es ist bereits nach sechs Uhr morgens. In der Küche ist es hell geworden.

»Ich habe Kopfschmerzen.« Yuni steht am Tisch, lässt den Kopf hängen. Sie legt ihre Hände auf den Hinterkopf und presst willkürlich irgendwelche Akupunkturpunkte.

»Geh schlafen. Wenn du nicht schläfst, wird es erst recht nicht besser.« Balla Balla steht auf und stellt sich neben Yuni. Gerade als er seine Hände um ihren Hals legen will, geht sie plötzlich weg. Sie bleibt wieder stehen, wo seine Hand sie nicht erreicht.

Balla Balla zuckt mit den Achseln: »Lass mich noch

ein wenig lesen, wenn ich müde bin, komm ich ins Bett.« Während er das sagt, kehrt er auf seinen Stuhl zurück.

Yuni hat sich gerade auf ihren Stuhl gesetzt, als sie auch schon wieder aufsteht und nervös in der Küche umherläuft. Die Küche ist nicht groß, und nachdem sie zwei, drei Mal hin- und hergegangen ist, setzt sie sich wieder hin und zupft an ihren Haaren herum.

»Na, dann schläfst du eben nicht. Im Sommer sind die Tage ja lang«, sagt Balla Balla.

Yuni greift nach dem Nussknacker, der auf dem Tisch herumliegt, und schlägt damit auf die Tischplatte. Zuerst klopft sie noch leise, dann trommelt sie überall wild in der Küche herum, als wolle sie alles kaputtschlagen.

Schließlich hält es der Mann nicht mehr aus. »He, was soll das Gehämmer? Was willst du denn eigentlich? Ich sitze hier ganz friedlich und lese, was regst du dich denn so auf?«

»Ich rufe Gott an, damit er deine Seele austauscht, verstehst du? Von dir wird mir wirklich schlecht. Mit allem, was du sagst, betrügst du mich, nicht ein wahres Wort höre ich von dir. Wenn dir eine hübsche Frau vor die Füße läuft, stellst du dir gleich vor, wie sie wohl nackt aussieht. Du bist unersättlich!«

Der Mann reißt die Augen auf. »Du findest mich unersättlich? Wir sind doch nicht mal verheiratet! Am besten suchst du dir gleich einen anderen! Vornehmere Ware als mich.«

»Du hattest doch nie vor, mich zu heiraten. Ich bin ja nur eine Chinesin, die konntest du leicht überreden. Und nebenher noch jede Menge andere Verhältnisse haben.«

»Du bist es doch, die nicht gerne Motorrad fährt. Ich

habe Lydia ein bisschen auf dem Motorrad mitgenommen und dann noch mit ihr eine Weile getanzt. Das ist noch lange kein Grund, so übellaunig zu sein.«

»Hör doch auf! Mir tut schon der Kopf weh. Ich glaube, er platzt gleich vor Schmerzen«, kreischt Yuni und hämmert mit dem Nussknacker auf die Tischplatte, bis eine kleine Delle entsteht.

»Du solltest zu einem Psychiater gehen und dich behandeln lassen. Wenn du so herumschreist, wird mir ganz wirr im Kopf ...«

»Deine Mutter sollte erst einmal dich zum Nervenarzt bringen! Du denkst doch den ganzen Tag bloß an Sex. Rennst hinter deinen Weibern her, und wenn du zurückkommst, lügst du mich an wie der Höllenkönig. Für wen hältst du mich denn? Lauf nicht weg, ich bin noch nicht fertig!«

Balla Balla geht jedoch weiter in Richtung Wohnzimmer. Dort stehen zwei Schreibtische, einer am Fenster, der andere an der Wand. Balla Balla setzt sich an den Schreibtisch am Fenster, zieht ein Buch hervor und legt es gleich wieder hin. Mit den Zeigefingern hält er sich die Ohren zu, fast zwei Minuten lang, bevor er die Hände wieder herunternimmt und seinen Computer einschaltet. »Lass mich in Ruhe. Ich muss jetzt arbeiten.« Er streckt eine Hand aus und macht ein Zeichen, dass die Auseinandersetzung vorbei ist.

»Glaub bloß nicht, dass du mich auf diese Art loswerden kannst. Du kannst nicht einfach tun und lassen, was dir gefällt. Ich halte das nicht mehr aus.« Yuni steht dicht hinter Balla Balla, ihre Stimme schallt wie eine Trompete.

Balla Balla springt auf, macht eine Körperdrehung

aus dem Shaolin Kungfu und überrumpelt Yuni vollkommen. Ehe sie kapiert, was passiert, flüchtet der Mann in die Küche. Yuni stutzt einen Moment und geht ihm dann nach.

»Was willst du jetzt eigentlich: Soll ich deine Hauptliebe sein oder nicht? Heute musst du endlich einmal mit der Sprache heraus.«

Balla Balla stellt den Gasherd an und setzt den Wasserkessel auf. Er nimmt eine saubere Tasse und löffelt Kaffee hinein.

»So aggressiv, wie du bist, kommst wohl nur du selbst als Gesprächspartner für dich in Frage«, sagt Balla Balla. Er geht umher, als befinde er sich ganz allein in der Küche. Er öffnet den Küchenschrank, nimmt einen Beutel Lakritze heraus und schüttet sie auf einen Teller. Dann holt er sich noch Schokolade und legt sie dazu.

Yuni stellt sich vor ihn hin, zieht ihren Hals lang und hebt das Gesicht: »Dir ständig nachzugeben, bedeutet nichts anderes, als in die Feudalgesellschaft Chinas zurückzukehren. Der großmächtige Balla Balla und seine zehn Konkubinen. Sehr modern! Heute Nacht besorgst du es deiner Hauptliebe, morgen Nacht deiner Nebenliebe, übermorgen einer ganz Neuen. Hast du nie gehört, dass den Frauen heute der halbe Himmel gehört? Verstehst du überhaupt, was das heißt, ›der halbe Himmel‹, oder tust du nur so? Wenn der halbe Himmel herunterfiele und dir auf den Kopf krachte, würdest du am Boden liegen und um Hilfe winseln!«

Balla Balla schützt mit einer Hand sein Ohr und stützt sich an dem Küchenschrank hinter ihm ab: »Schrei mich nicht an! Ich bin doch nicht dein Lämmchen! Ich habe dir jetzt schon x-mal erklärt, dass Lydia und ich uns getrennt haben. Ich habe alles gesagt. Jetzt mach bitte ein bisschen Platz!« In der einen Hand trägt er den Kaffee, in der anderen den Teller mit Süßigkeiten.

»Ich denke ja gar nicht daran. So leicht kommst du mir nicht davon.« Yuni blockiert ihm den Weg: »Du kommst im Morgengrauen zurück und stinkst wie ein Ziegenbock. Solange du mir das nicht erklärst, kommst du hier nicht vorbei.«

»Das hier ist meine Wohnung. Der Mietvertrag ist auf meinen Namen abgeschlossen.« Der Wasserkessel hinter Balla Ballas Rücken zischt vor sich hin.

»Erklär es, dann lass ich dich vorbei.«

»Ich, Balla Balla, habe zwar ein Leben, aber jetzt habe ich dir überhaupt nichts mehr zu sagen.« Während er spricht, macht er einen Schritt vorwärts. Seine Füße treten zwischen ihre gespreizten Beine, mit denen sie vor ihm steht, seine Brust rückt bedrohlich nahe an ihr Kinn heran. Sie bleibt unbeweglich. Er macht einen weiteren Schritt. Wenn sie jetzt nicht ausweicht, wird sie garantiert umgeworfen. Sie starrt den sich nähernden Kraftberg an, als wollte sie ihn mit bloßer Willenskraft stoppen. Doch in letzter Sekunde bewegt sie ihren Körper leicht zur Seite und macht Balla Balla Platz. Jetzt lehnt sie zwischen Schrank und Gasherd am Kühlschrank und bleibt hinter seinem Rücken zurück.

Nun, da der Weg freigekämpft ist, reckt Balla Balla den Kopf, hält sein Tellerchen und seine Tasse wie Trophäen vor seine Brust und schreitet hinaus. Yuni fixiert seinen Rücken, aus ihren Augen scheint Feuer zu schießen. Sie nimmt den auf dem Herd stehenden Wasserkessel und schleudert ihn ohne ein weiteres Wort hinter ihrem Freund her. Der Kessel trifft ihn am Rücken, das heiße Wasser schießt wie eine silberne Schlange heraus, verbeißt sich in seinem T-Shirt und verbrüht seine Haut. Balla Balla stößt einen Schmerzensschrei aus, als werde ihm bei lebendigem Leib die Haut abgerissen. Er lässt den Kaffee und das Tellerchen fallen und stolpert krachend in die Garderobe. Dann rennt er hastig ins Wohnzimmer.

Yuni steht in der Tür und schaut zu, wie der Deutsche herumtobt. Ihre gerade noch verkrampften Gesichtszüge glätten sich und werden ganz gleichmütig. Ihr ist sogar ein wenig zum Lachen zumute. Sie lockert ihre zusammengebissenen Zähne, fixiert mit den Augen einen Punkt an der Wand, und als sie ihren Mund eine Winzigkeit öffnet, bricht plötzlich ein großes Gelächter aus ihr heraus. Je mehr sie lacht, umso weniger ist sie imstande, sich zu beherrschen. Sie lacht immer weiter. Der Wasserkessel ist auf den Boden gefallen, und an der Küchentür steigt weißer Dampf auf. Der Gasherd brennt zischend, und vor dem Fenster fährt polternd ein Trabbi vorbei.

Auf einmal scheint in der Luft etwas zu fehlen. Abrupt stoppt Yuni ihr Lachen und wischt sich die Augen. Dann erst merkt sie, dass es Balla Ballas Geheul ist, was fehlt. Der junge Mann steht vor ihr im Korridor und betrachtet sie mit weit aufgerissenen Augen, als hätte er eine Riesenspinne oder ein anderes Monstrum vor sich, das gerade aus einem pathologischen Museum ausgebrochen ist.

Um ihre Gefühle zu verbergen, dreht Yuni sich um und wendet Balla Balla den Rücken zu. Eigentlich möchte sie immer noch weiterlachen, sie hat das Gefühl, sie hätte noch nicht zu Ende gelacht. Sie geht zur Waschmaschine, wo sie Balla Balla nicht sehen kann, steckt die linke Hand in den Mund und saugt an den Fingern. Plötzlich ist es ganz still geworden. Yuni streckt die Hand aus, um den immer noch brennenden Herd auszustellen. Die bläuliche Flamme erlischt.

Mit dem Gesicht zum Herd kaut Yuni auf ihren Fingernägeln. Wenig später hört sie Balla Balla ins Bad gehen und die Tür verschließen. Das Rauschen des Wassers und Balla Ballas unterdrücktes Schmerzensgeheul, als er sein Hemd auszieht, dringen sogar durch die Wände. Yuni hält sich den Mund zu, um nicht zu lachen.

Ein erster Sonnenstrahl huscht in die Küche. Balla Balla kommt mit nacktem Oberkörper aus dem Bad. Der Wasserkessel liegt noch auf dem Boden, auf dem Linoleum breiten sich zwei große Pfützen aus. Yuni sitzt am Tisch und blättert in der Zeitung, als sei nichts weiter gewesen.

»Yuni, du hast ganz richtig geraten«, sagt Balla Balla. »Ich habe heute Morgen mit Lydia geschlafen. Ich habe dich betrogen, du hast mich verbrüht. Jetzt sind wir quitt. Du willst doch immer wissen, wie meine Wahl ausfällt. Ursprünglich hatte ich keine Wahl. Aber jetzt habe ich eine. Ich glaube, du weißt auch so, dass man als Untermieter eine gesetzliche Kündigungsfrist von zwei Wochen hat. Du kannst also noch vierzehn Tage hier wohnen. Ich überlasse dir gern das Schlafzimmer. Aber in vierzehn Tagen, ganz gleich, ob du eine Wohnung gefunden hast oder nicht, möchte ich dich bitten, ganz auszuziehen.«

Yuchi Yuni sitzt stocksteif auf ihrem Stuhl.

Balla Balla dreht sich vorsichtig um und stolpert zum Telefon, um ein Taxi zu rufen. Yuni sieht auf seinem Rücken größere und kleinere Stellen, an denen das Fleisch bloßliegt, so leuchtend rot wie der Hintern eines Pavians. Beim Gehen tastet er sich an der Wand entlang. Bei jeder größeren Bewegung leidet er solche Schmerzen, dass er den Mund aufreißt. Doch den Aufschrei unterdrückt er. Nach dem Telefonat schleppt er sich ins Schlafzimmer, sucht ein Seidenhemd heraus, das er auf einer Reise in China gekauft hat, und zieht es sich vorsichtig an. Yuni sieht von hinten, wie er sich im Schlafzimmer den Schweiß abtrocknet. Ohne ein weiteres Wort zu sagen, tastet er sich an der Wand entlang und geht wie ein Krüppel nach draußen.

Yuni sitzt wie betäubt in der Küche, eine Hand auf dem Tisch, die andere vor dem Mund. Seine dumpfen Schritte im Treppenhaus klingen in ihren Ohren wie Hammerschläge auf einer hohlen Betonplatte und verhallen nur langsam.

Sie stellt das Radio auf dem Tisch an. Eine Stimme berichtet von einem Unfall, wie es ihn in Deutschland noch nie gegeben hat. Einer dieser weißen Hochgeschwindigkeitszüge ist aus dem Gleis gesprungen. Yuni hört selten Radio, jetzt ist es das erste Mal, dass sie das Wort »Eschede« hört. Sie wechselt den Sender, doch dort ist auch nur von den Toten die Rede, von den zerstörten Waggons. Die ganze Welt scheint nicht mehr zu existieren, es gibt nur noch eine große Katastrophe, von der man nicht ablassen kann: Ein Hochgeschwindigkeitszug ist entgleist und mehr als hundert Menschen sind tot.

Yuni hat keine Vorstellung davon, wie sich der Tod

anfühlt. Sie ist lediglich fest davon überzeugt, dass das, was sie jetzt im Herzen verspürt, noch schwerer zu ertragen ist als der Tod. Sie stützt den Kopf in die Hände, und die Tränen laufen ihr übers Gesicht.

Erst als es Zeit ist, das Licht anzuschalten, kehrt Balla Balla nach Hause zurück. Aus einem geöffneten Küchenfenster weht ein Duft von köstlichem, scharfem Essen ins Schlafzimmer. Mit schwerem Kopf liegt Yuni im Bett. Jetzt fällt ihr ein, dass es längst Zeit für das Abendessen ist. Sie steigt aus dem Bett, steht kraftlos an der Schlafzimmertür, hebt ihr geschwollenes Gesicht und hofft, dass Balla Balla sie ansieht.

Aber ihr Freund würdigt sie keines Blickes. Mit schwerfälligen Bewegungen geht er zum Schrank, an Yuni vorbei, holt ein Betttuch und ein Handtuch heraus, dann geht er ins Wohnzimmer. Yuni sieht, wie er sich auf dem Sofa ein Bett zurechtmacht.

Nach einer Weile kommt er erneut ins Schlafzimmer und holt sein großes, rechteckiges Kopfkissen. Dann will er wieder verschwinden. Yuni läuft neben ihm her mit und hält dabei seine Hand: »Balla Balla, ich hab dich lieb. Du bist mir gegenüber niemals grob gewesen, hast mich stets beschützt und verwöhnt. Du kannst mir doch verzeihen, oder?«

Balla Balla zieht die Hand zurück, sein Gesicht wirkt gequält. »Yuchi Yuni«, ruft er sie mit vollem Namen, dass ihr ganzer Körper ins Zittern gerät. »Meine Liebe ist nicht so, wie du sie verlangst. Ich bin ein prahlerischer Mensch, und ich habe nicht dein ernstes Wesen. Ich bin nur ein ganz einfacher Mann, der das Balla Balla liebt. Lass uns von heute an gute Freunde werden.« Er umarmt sein Kopfkissen und geht starr wie eine wandelnde Leiche um Yuni herum.

Yuni hört, wie er die Wohnzimmertür hinter sich abschließt.

Sie steht von Furcht gepackt neben dem leeren Bett und kaut im Dunkeln auf ihren Lippen. Das Gefühl der Verlassenheit schlingt sich wie eine Schlange um ihren Hals und lässt sie beinahe ersticken. Sie fällt kraftlos aufs Bett. Die vergangenen Erlebnisse sind wie ein Schwarm schwarzer Sterne, die ihr vor Augen tanzen. Sie presst die Lider zusammen und zwingt sich zu schlafen. Als sie am Morgen die Augen öffnet, merkt sie, dass sie im Traum geweint hat.

Um kurz nach sieben hört sie Balla Balla aufstehen und wie immer in der Küche frühstücken. Yuni möchte ihm mit ihren verheulten Augen nicht begegnen und bleibt daher im Schlafzimmer liegen. Balla Balla kommt nicht, klopft nicht an die Tür. Es scheint, als habe er sie ganz vergessen.

Zwei Jahre lang haben sie Tisch und Bett miteinander geteilt, nun will er fremder sein als ein Fremder. Der Gedanke bringt Yuni in Wut. Es fällt ihr nicht leicht, bis halb neun zu warten, bis Balla Balla seine Schuhe anzieht und zur Arbeit geht. Erst dann öffnet sie ihre Tür.

Das Wohnzimmer ist nicht abgeschlossen, Yuni stößt die Tür auf und geht hinein. Drinnen ist alles aufgeräumt, auch das Bettzeug auf dem Sofa ist ordentlich zusammengelegt und zu einem kleinen Haufen geschichtet. Das große Kopfkissen liegt obenauf, als säße es auf einem Thron. Yuni kommt es plötzlich so vor, als habe ihr Balla Balla seinen Schmerz nur vorgespielt, um sie aus dem Haus zu vertreiben.

Wenn er wirklich so schwer verletzt ist, wie konnte er dann das Bettzeug noch so überaus sorgfältig zusammenlegen? Als sie an diesem Punkt angelangt ist, macht Yuni ein paar große Schritte vorwärts. Sie ergreift einen Zipfel des Kopfkissens und schleift es wie einen toten Vogel hinter sich her. Aus dem Wäschekorb fischt sie ein Paar stinkende Socken von Balla Balla heraus, wirft sie in den Wassereimer und pinkelt sie voll. Dann holt sie Schere, Nadel und Faden, schneidet vorsichtig eine Öffnung in das Kopfkissen und stopft die nassen Socken in die Füllung des Kissens. Die gerade in das Kopfkissen geschnittene Öffnung näht sie wieder sorgfältig zu. Jetzt sieht das Kissen ganz genauso aus wie zuvor. Sie prüft ihr Werk und legt das Kissen zufrieden wieder aufs Sofa.

Als sie sich aus dem Wohnzimmer zurückzieht, ist ihr kalt. Wo soll sie jetzt hin? Sie wird Thorsten anrufen. Am besten verabredet sie sich in seiner Wohnung mit ihm, dann kann sie gleich sehen, welche Art Kopfkissen er hat. Sie greift zum Hörer und wählt.

Der Liebesbaum

Es ist Samstag. Wie eine unversehens herbeigewehte Blume wandert Ling Xinyi in ihrem roten Mantel über den von kaltem Wind erfüllten Campus der Kölner Uni. Redend und lachend überquert sie mit ihrer Schwester Ling Guangyi den großen grauen Platz mit den zusammengewürfelten Bauten und gelangt vor das riesige altertümliche Hauptgebäude, wo Guangyi ihre Kamera zückt und die kleine Schwester fotografiert.

Xinyi wird das Gefühl nicht los, dass irgendjemand sie hinter ihrem Rücken die ganze Zeit über beobachtet. Sobald ihre Schwester das Foto geschossen hat, dreht sie sich um und bemerkt, wie hinter ihr ein Student hastig das Gesicht abwendet, um nicht beim heimlichen Zuschauen ertappt zu werden. Auch Guangyi hat den jungen Mann wahrgenommen. Haben sie sich zu laut unterhalten? Um niemand zu stören, gehen die beiden jungen Frauen jetzt mit eng aneinandergedrückten Schultern und unterhalten sich nur noch flüsternd. Aber Xinyis Gelächter lässt sich nicht unterdrücken. Wie ein warmer Luftstrom flattert es aus ihrem Mund in die kalte Luft. Gerade als die beiden Schwestern das Gebäude betreten wollen, stellt jemand ihnen auf Englisch eine Frage: »Hallo, Sie beide sprechen doch chinesisch?«

Ling Xinyi hebt den Kopf und erblickt einen groß gewachsenen Europäer von etwa dreißig Jahren. Sein feines Gesicht ziert eine Brille und seine blauen Augen blitzen, als er sie ansieht. Das ist genau der junge Mann, der sie eben noch heimlich beobachtet hat: ein freundlicher Büchermensch.

»Haben Sie etwa alles gehört, was wir gesagt haben?«, fragt Xinyi.

»Ach wo, ich kann kein Chinesisch. Ich habe nur früher schon Leute chinesisch reden hören. Sie sind Touristin, oder?«, fragt der junge Mann und sieht Xinyi dabei an.

Xinyi ist klein und zierlich, ihre Schwester dagegen groß und stämmig. Sie wechseln einen Blick und lachen vergnügt. Die Wissbegierde des Büchermenschen gefällt ihnen. »Ich besuche meine Verwandten. Meine Schwester hat mich heute mitgenommen, damit ich mir den Campus ansehe«, sagt Xinyi.

»Ich komme auch nicht von hier. Ich bin aus Bochum. Ich soll für meine Schwester eine Wohnung suchen. Ich heiße Johannes.« Er wendet sich höflich der älteren Schwester zu. »Sie kennen sich ja hier aus, darf ich vielleicht ein Stück mitkommen?«

Die beiden Schwestern finden es bemerkenswert, unter dem großen kalten Himmel auf einen solchen Menschen gestoßen zu sein, und so setzen die drei unter Gelächter ihren Spaziergang gemeinsam fort. Johannes gibt sich aufgeknöpft und erzählt ihnen, dass er aus Dortmund kommt, an der Universität Bochum in Biochemie promoviert und in diesem Jahr fertig wird. Er erzählt auch noch, dass er früher mal eine Freundin aus Singapur hatte.

Während er von sich erzählt, zeigt er deutliches Interesse an Xinyi. Dass sie gesprächig ist und gerne lacht, scheint ihm sehr zu gefallen. Er läuft neben ihr, stellt ihr viele Fragen und fixiert sie von Zeit zu Zeit mit seinen tiefblauen Augen. Sein Blick ist so auf sie konzentriert, dass ihr Gesicht leicht errötet, was aber auch mit dem kalten Wetter zu tun haben könnte. Nachdem sie eine halbe Stunde gelaufen sind, hat Johannes bereits in Erfahrung gebracht, dass Xinyi 28 Jahre alt, ledig und derzeit bei einer Reederei in Shanghai als Organisationsassistentin beschäftigt ist. Ihr Besuch in Deutschland gilt ausschließlich ihrer in Köln lebenden Schwester und deren deutschem Ehemann.

Als es Mittag ist, unterhalten sich die drei bereits wie gute Bekannte. Johannes möchte noch einige Wohnungen besichtigen und schlägt daher vor, sich am Nachmittag in einem Café zu treffen und dort die Unterhaltung fortzusetzen. Xinyi findet ihn angenehm offen im Umgang und charmant. Außerdem ist sie bereits seit zehn Tagen in Deutschland und möchte außer ihrem Schwager gern noch weitere Deutsche kennenlernen. Daher ist sie mit dem Vorschlag sofort einverstanden. Guangyi, die sich mit Liebesdingen gut auskennt, hat bereits frühzeitig die wahren Absichten von Johannes erkannt und räumt den beiden daher taktvoll die Gelegenheit zu einem Rendezvous zu zweit ein.

Bislang weiß Xinyi noch nicht viel von Deutschland, und ihr Schwager ist der einzige Deutsche, mit dem sie länger geredet hat. Seine Liebesgeschichte mit ihrer Schwester kennt sie in- und auswendig: Die beiden haben sich kennengelernt, als der Ingenieur eine Chinareise auf eigene Faust machte. Er wollte seine erste Frau vergessen, die zu einem anderen Mann gelaufen war, und weit weg von Köln sein. Deswegen war er nach China geflogen.

Eines Tages verlief er sich in der Innenstadt von Chengdu und wusste nicht mehr weiter. Da kam die als Lehrerin arbeitende Guangyi zufällig vorbei, bemerkte die Verzweiflung des Ausländers und bot ihm ihre Hilfe an. Von diesem Augenblick an war der Deutsche in sie verliebt. Ein Jahr später holte er sie nach Deutschland und heiratete sie. Seither sind vier Jahre vergangen und immer noch begegnet Peter seiner chinesischen Frau voller Liebe. Während der Tage bei ihrer Schwester hat es Xinyi täglich mit eigenen Augen gesehen. Solche Fürsorge kennt sie nur von ihrem Schwager, bei chinesischen Männern, sei es ihr Vater oder ihr Bruder oder ihre Kollegen, hat sie einen so zärtlichen Umgang mit Frauen noch nicht erlebt. Seither findet Xinyi die deutschen Männer sympathisch. Manchmal ertappt sie sich sogar bei dem Gedanken, dass sie auch gern so einen liebevollen Mann wie ihren Schwager zum Mann hätte.

Die eigentliche Heimat von Ling Xinyis Familie ist eine kleine Stadt in der Provinz Sichuan. Zwei ihrer Großonkel waren Offiziere der Kuo-min-tang gewesen. Sie hatten im Bürgerkrieg ihre Heimat verlassen und waren mit Tschiang Kai-schek nach Taiwan geflüchtet. Daraufhin wurden alle auf dem Festland gebliebenen Verwandten während der Kulturrevolution in den 60er Jahren als Spione abgestempelt und hart bestraft. Erst Anfang der 80er Jahre, als die chinesische Regierung sich bemühte, die Wirtschaft wiederzubeleben, wurde

Xinyis Familie rehabilitiert. Da sie sehr viel gelitten hatten, erlaubte die Regierung sogar, dass zwei Mitglieder der Familie nach Shanghai oder ins Ausland gehen durften. Guangyi war die erste, die Sichuan verließ, als sie ihren späteren Ehemann kennenlernte. Xinyi war das jüngste Kind ihrer Eltern und noch unverheiratet. Deshalb nahm sie das Angebot an und ging nach Shanghai, wo gerade das chinesische Wirtschaftswunder begann.

Dass sie in Chengdu Anglistik studiert hatte und fließend Englisch sprach, kam ihr dabei sehr zugute. Sie fand zunächst eine Stelle als Sekretärin bei einer Großreederei, wurde aber bald zur unersetzlichen rechten Hand ihres Chefs. Ihre rasche Auffassungsgabe und ihre Tüchtigkeit haben sie schnell zu einer unersetzlichen Vertrauensperson werden lassen. In den acht Jahren in Shanghai hat sie unzählige Male die Werften besucht und mit den verschiedensten Geschäftspartnern ein Geschäft nach dem anderen vorbereitet. Sie ist eine sehr erfolgreiche junge Frau.

Als Xinyi zum Café Böhmer am Rheinufer kommt, durchzuckt sie angesichts des Gesichtsausdrucks, mit dem sie Johannes erwartet, ein heißes Gefühl: Er hat sich in mich verliebt! Sie will es nicht glauben, doch in ihrem Herzen treibt ein Liebesbaum ungestüm Knospen hervor.

An diesem Tag nehmen die Themen der Unterhaltung zwischen ihnen kein Ende: von Mikroorganismen im Tofu bis zu Beethovens Haaren – alles, was der andere sagt, scheint bedeutsam. Je mehr Kaffee sie trinken, desto durstiger werden sie, und ihre Augen glänzen wie elektrisch beleuchtete Edelsteine.

Sie merken gar nicht, dass draußen Schnee fällt und die Straße schon mit einer dünnen Schneeschicht bedeckt ist. Gegen zehn Uhr abends fragt Johannes plötzlich: »Morgen ist Sonntag, da habe ich frei. Hast du vielleicht Lust, mich zu besuchen? Kommst du zu mir nach Bochum?«

»Das ist kein Problem. Ich habe noch vier Tage Urlaub, dann muss ich nach Shanghai zurück«, stimmt Xinyi ohne weiteres zu.

»Dann hole ich dich morgen mit dem Auto ab. Du kannst bei mir übernachten.«

»Darüber können wir später noch reden. Holst du mich morgen um neun Uhr ab?«

Johannes sperrt seinen Mund weit auf: »Neun Uhr. Mein Gott! Da muss ich aber früh aufstehen. Ich brauche zwei Stunden von Bochum nach Köln.«

Diese Antwort lässt nunmehr Xinyi Mund und Nase aufsperren: »Ach, und ich habe geglaubt, du wärst vielleicht zehn Minuten gefahren ...«

»Ein bisschen größer ist Deutschland denn doch«, lacht Johannes.

Die nächsten Tage verbringen die beiden im Raumschiff der Liebe. Direkt bis zum Einchecken für den Flug nach Shangai bleibt Xinyi in Bochum. Und als die Maschine zu Hause landet, sind die Fäden ihres Herzens fest mit Johannes verbunden. Auch Johannes denkt immerzu an Xinyi. Wenn er ins Labor geht, und wenn er wieder herauskommt: Immer denkt er an Xinyi. Es ist, als würde er von unsichtbaren Kräften nach China gezogen. Alles andere scheint ihm ganz unwichtig.

Es ist wirklich nicht leicht für Johannes, bis Ostern zu

warten, wo er endlich zehn Tage Ferien hat. Fast jeden Tag prüft er das Visum, das er sich persönlich in Frankfurt geholt hat. Xinyi bewohnt zusammen mit einer Freundin eine billige kleine Wohnung in Xujiahui, weit weg vom Meer und vom Hafen. Jedes der beiden Zimmer ist nicht größer als neun Quadratmeter. Xinyis Zimmer ist mit Fernseher, Videorekorder, Stereoanlage usw. komplett ausgerüstet, nur ist nicht genug Raum da, sich umzudrehen. Der fast 1,90 m große Johannes fühlt sich ziemlich beengt und ist tagsüber stets draußen unterwegs. Da Xinyi zu dieser Zeit keinen Urlaub nehmen darf, geht er mit einem Buch in den Park und wartet, bis seine kleine Freundin aus dem Büro kommt. Dann gehen die beiden, der eine groß, die andere klein, in »ehelicher Liebe und Harmonie« zusammen aus, um es sich schön zu machen. Sie gehen Hand in Hand auf dem berühmten Bund spazieren, bewundern die protzigen Bauten des früheren Ausländerviertels und schauen zu den glitzernden Hochhäusern auf der anderen Seite des Wassers hinüber, sie gehen Meeresfrüchte essen, besuchen eine Ausstellung oder sogar ein Konzert. Solange Xinyi an seiner Seite ist, trägt Johannes stets ein glückliches Lächeln auf seinem Gesicht.

Am dritten Abend, als sie zusammengedrängt wie zwei frittierte Teigstangen auf Xinyis Einzelbett liegen, öffnet Johannes den Mund und fragt: »Du hast gesagt, dass du Kinder magst. Wenn wir später zusammenleben, werden wir dann Kinder haben?«

»Na klar! Auf jeden Fall will ich Kinder haben.«

»Wir wollen mindestens vier Kinder, oder? Am besten wären acht.«

»Schatz, du hast den Appetit eines Tigers. Wenn ich

dir zuhöre, klingt es, als wenn ein reicher Chinese zu Tisch bittet: ›Diese vier Gerichte möchten wir nicht mehr, bring uns acht neue!‹«

»Xinyi, was soll das heißen? Willst du nun oder nicht?«, fragt Johannes leicht missgestimmt.

»Willst du die Ente auf die Stange zwingen? Wenn die Ente auf der Stange sitzt, legt sie erst recht keine Eier.«

»Nein, Xinyi, ich mag nur Kinder so gerne. Männer in wichtigen Positionen haben alle gern viele Kinder.«

»Wichtige Positionen?«, lacht Xinyi. »Du hast ja noch nicht mal fertig promoviert, während ich hier ganz gut Geld verdiene und mich selbst ernähren kann.«

»Soll das heißen, dass du nicht an mich glaubst?«, sagt Johannes entgeistert. Er kann sich gar nicht vorstellen, dass ihm diese kleine Chinesin nicht voller Begeisterung nach Deutschland folgt. »Du glaubst wohl nicht, dass ich später Professor werde und eine Familie ernähren kann?« Er setzt sich kerzengerade auf, und die Muskelstränge in seinem Gesicht treten deutlich hervor.

»Aber Schatz, nun reg dich doch nicht gleich so auf! Selbstverständlich werden wir Kinder haben.« Xinyi zieht Johannes zu sich herunter und drückt seinen Kopf zärtlich an ihre Brüste. »Meine Mutter hat vier Kinder zur Welt gebracht. Meine schönen Kindheitserinnerungen haben alle mit meinen Brüdern und Schwestern zu tun. Deshalb möchte ich natürlich auch gern viele Kinder haben.«

»Viele Kinder? Eins nach dem anderen? Vier bis acht Kinder?«, fragt Johannes erneut, diesmal flüsternd.

»Richtig. Eins nach dem anderen, vier bis acht Kinder. Ja, ich will, dass unser Haus von kleinen Füßen widerhallt.«

Seine Augen weiten sich. »Xinyi, meinst du es ernst?«

»Schatz, ich mag kleine Kinder auch sehr gern.«

Johannes umarmt Xinyi und zieht sie an sich: »Liebste, dann lass uns so früh wie möglich heiraten, ja! Wenn du so viele Kinder zur Welt bringen willst, sollten wir so schnell wie möglich damit anfangen.«

»Das ist ja ein äußerst schlichter Heiratsantrag«, lacht Xinyi. »Du bist eine richtige Energiesparlampe!«

Jetzt, wo sie ihre Familienplanung bestimmt haben, geht es Zug um Zug weiter. Sie kennen sich noch nicht lange. Sie haben noch nicht einmal zwei Wochen gemeinsam verbracht. Jetzt wollen sie sich in Deutschland verloben. Xinyi bittet ihren Chef um Urlaub. Eigentlich will der ihr keinen Urlaub geben, aber weil sie so inständig darum bittet, gibt er doch nach. Im Sommer sei noch mehr zu tun, sagt er, da solle sie ihren Urlaub eben jetzt gleich nehmen. Und so ist Xinyi Ende April schon wieder in Deutschland.

Die folgende Zeit sind süße Flitterwochen. Dann kommt der erste Anruf aus Shanghai. Die vorübergehend eingestellte Ersatzkraft kommt mit der Arbeit nicht klar. Der Chef bittet Xinyi, vorzeitig wieder zurückzukommen. Xinyi bleibt nichts anderes übrig, als Ende Mai wieder nach Hause zu fliegen.

Die Lage wird kritisch: Hier Xinyi, die nach Shanghai zurückgekehrt ist, dort Johannes, der in Bochum wie eine Ameise auf einer heißen Herdplatte herumrennt. Ein stundenlanges Telefonat jagt das nächste. Jeden Tag treibt er Xinyi an, die Formalitäten für eine Heirat in Deutschland vorzubereiten.

Im September hat Xinyi alle Dokumente zusammen. Sie kündigt fristlos ihre Stelle in Shanghai, kommt nach

Bochum und heiratet. Johannes kennt sie jetzt seit neun Monaten.

Im Oktober hat der frischgebackene Doktor Johannes eine Arbeitsstelle mit Zeitvertrag an der Universität Mainz. Das junge Paar zieht in eine billige Wohnung in einem Vorort, wo es außer einem Supermarkt und einer Imbissbude kein städtisches Leben gibt.

Xinyis Hände, die sich früher um Schiffsfahrpläne und Frachtpapiere gekümmert haben, sind jetzt auf einmal zu Herrschern über die Güter des täglichen Lebens wie Reis, Öl und Salz geworden. Glücklicherweise ist vom Aufstehen bis zum Abendessen alles neu für sie an diesem Leben, so dass Xinyi gar keine Zeit hat, sich einsam zu fühlen, wenn ihr Mann nicht zu Hause ist. Tagsüber geht sie zum Deutschunterricht in die Volkshochschule. Dazu muss sie fast eine Stunde lang mit dem Bus fahren, aber es lohnt sich. Sie lernt eine Thailänderin und eine Vietnamesin kennen. Rasch werden die drei Frauen gute Freundinnen. Am Abend, wenn Johannes nach Hause kommt, wartet Xinyi bereits mit schmackhaften chinesischen Gerichten auf ihn und hat sich überlegt, was sie ihm auf Deutsch sagen möchte.

Der früher ans Mensaessen gewöhnte junge Herr Doktor isst jetzt jeden Abend ein köstliches Essen und schläft wie ein Stein. Er findet, dass zwischen dem Leben zu zweit und dem Leben als Junggeselle wirklich ein Unterschied wie zwischen Tag und Nacht herrscht.

Damit sie später leichter die Kinder transportieren kann, will Xinyi den Führerschein machen. Nach drei Monaten Fahrschule nimmt sie an der Fahrprüfung teil. Da ihr Deutsch jedoch noch zu schlecht ist, hat sie Probleme mit dem Verstehen der Fragen in der schriftlichen Prüfung, so dass sie durchfällt. Nach einem weiteren halben Jahr der Vorbereitung macht sie die Prüfung erneut. Diesmal besteht sie den schriftlichen Teil, der Prüfer in der praktischen Prüfung ist jedoch überhaupt nicht wohlwollend und versetzt Xinyi in Angst und Schrecken. Am Ende der Fahrprobe stößt sie beim Einparken an das Auto hinter ihr, so dass der Prüfer sie durchfallen lässt. Die 4.000 Mark für die Fahrstunden und für die Prüfungsgebühren kann sie jetzt in den Schornstein schreiben.

Wegen dieser Summe ist Xinyi ziemlich bedrückt, doch da sie inzwischen einen dicken Bauch hat und ihre Beweglichkeit abnimmt, beschließt sie, die Führerscheinprüfung auf unbestimmte Zeit zu verschieben.

Im April 1994 kommt Xinyi mit Wehen in die Universitätsklinik. Die Ärzte haben es eilig und raten zum Kaiserschnitt. Xinyi wagt nicht zu widersprechen. Nach der Geburt ist der Sohn wohlauf, die Mutter aber fühlt sich ziemlich geschwächt.

Johannes besteht darauf, seinem Sohn einen deutschen Namen zu geben. Am liebsten wäre ihm wahrscheinlich »Johannes«, aber schließlich gibt er sich mit »Dieter« zufrieden. Xinyi ist einverstanden, nennt ihr Söhnchen aber immer nur »Didi«.

Der Antrag auf Verlängerung seines Zeitvertrags, den Johannes stellt, wird nicht genehmigt, so dass er wieder an einem anderen Ort eine Arbeit suchen muss. Nach längerer Suche findet er in Bremen eine auf zwei Jahre befristete Arbeitsstelle zur Erforschung pathologischer Veränderungen des Trommelfells. Um eine Wohnung zu suchen und die Ankunft seines Sohns vorzubereiten, fährt Johannes zunächst alleine nach Bremen. Da Xinyi nach ihrer Entlassung aus dem Krankenhaus noch sehr schwach ist, bringt Johannes sie vorübergehend bei seiner Mutter in Dortmund unter.

Aus den Erzählungen von Johannes weiß Xinyi, dass seine Mutter etwas gegen Ausländer hat und überhaupt gern auf andere Menschen herabsieht. Während ihres Aufenthalts im Haus der Schwiegermutter wagt Xinyi es daher nicht, mehr als unbedingt nötig zu sagen, und traut sich nur selten aus ihrem Zimmer. Dennoch sorgt die Schwiegermutter dafür, dass ihr jeder Tag wie ein Jahr vorkommt. Nach chinesischer Tradition sollten Wöchnerinnen stets nur die nahrhaftesten und schmackhaftesten Speisen zu sich nehmen. Sogar die unbarmherzigste Schwiegermutter würde in dieser Zeit die Schwiegertochter bevorzugt behandeln und sie unbedingt viel und gut essen lassen, damit der Enkel reichlich mit Muttermilch versorgt wird. Wer hätte gedacht, dass die deutsche Schwiegermutter jeden Tag lediglich einige Gemüsekonserven öffnet, den Inhalt mit etwas Butter dünstet und Xinyi nach den ersten paar Bissen ermahnt, sie solle nicht zu viel essen? Jeden Abend knurrt Xinyi der Magen, oft wird ihr schwindlig und manchmal sieht sie sogar Sterne.

Zum Glück kommt ihre Schwester Guangyi aus Köln zu Besuch und bringt Xinyi Teigtaschen mit, damit sie sich einmal richtig satt essen kann. Aber als die Schwester abgereist ist, weiß die Schwiegermutter nicht, was sie mit diesen fremden Jiaozi anfangen soll, packt sie in die Kühltruhe und denkt nicht mehr daran.

Am sechsten Tag nach ihrer Ankunft im Haus der Schwiegermutter fängt Didi am Nachmittag an zu weinen. Xinyi eilt rasch herbei und will ihm die Brust geben. Doch die Schwiegermutter nimmt ihn auf den Arm und gibt ihn nicht her.

»Es ist noch zu früh, um den Jungen zu füttern. Man sollte geregelte Stillzeiten einhalten, alle vier Stunden einmal, sonst gewöhnt er sich nicht an die Mahlzeiten.« Die Schwiegermutter bringt den Enkel in ein anderes Zimmer, dreht sich um und sagt: »Du solltest dir das Gesicht waschen gehen und dich mal umziehen. Jeden Tag das gleiche Kleid, wie sieht denn das aus! Der Junge soll ruhig ein bisschen schreien. Danach weiß er dann Bescheid, wann es Milch gibt.«

Xinyi geht in ihr Zimmer zurück und hört das verzweifelte Weinen des Kleinen. Erst einen halben Monat ist das Kind alt, und seine Schreie fahren ihr ins Herz wie ein Messer. Um alles in der Welt hätte sie nicht gedacht, dass Menschen so grausam sein können. Ist das also die berühmte deutsche Kultur? Diese Art Disziplin und Ordnung für Säuglinge kann sie nicht akzeptieren. Sie hält sich den Kopf und merkt plötzlich, dass sie büschelweise Haare in ihren Fingern hat. Früher in Shanghai erregte ihre anmutige Frisur stets die Bewunderung ihrer Kolleginnen. Und jetzt? Wenn sie den Kopf dreht, sieht sie auf ihrer Schulter nur matte und glanzlose Haare. Sie weiß nicht, was mit ihr los ist. Sie hat das Gefühl, im Gefängnis zu sitzen. Verzweifelt vergräbt sie das Gesicht in den Händen und beginnt stumm zu schluchzen.

Am nächsten Tag fordert Xinyi energisch, nach Hause fahren zu dürfen, erntet aber nur Beschimpfungen von der Schwiegermutter. Schließlich nimmt sie ihren Sohn auf den Arm, schleppt sich auf zittrigen Beinen zum Bahnhof, besteigt den Zug und fährt nach Bremen. In der neuen Wohnung gibt es zwar nur eine einzige Matratze, aber Xinyi ist völlig damit zufrieden. Sie ist froh, ihrer Schwiegermutter entkommen zu sein.

Nur Johannes ist eine Enttäuschung für sie. Nachdem er sich lang und breit danach erkundigt hat, was denn vorgefallen sei, stellt er sich zu Xinyis Entsetzen auf die Seite der Schwiegermutter. »Meine Mutter hat viel Erfahrung mit der Pflege von Kindern. Wir sind alle unter ihrer Fürsorge groß geworden. Daran ist nichts auszusetzen.« Xinyi hätte »vernünftig« sein sollen, erklärt er.

Xinyi kann es kaum glauben. Ist das noch der Mann, der sie aus China geholt und geheiratet hat? Minutenlang starrt sie fassungslos auf den Rücken ihres Ehemannes. Sie hätte nie gedacht, dass er sie so verraten könnte. Dennoch sagt sie keinen Ton.

Die Schwiegermutter ruft von nun an häufig an und redet lange mit ihrem Sohn. Und je öfter sie telefonieren, desto häufiger schimpft Johannes mit seiner Frau. Heult das Kind, dann hat es Xinyi zu sehr verwöhnt. Wird irgendeine Arbeit im Haushalt nicht vorschriftsmäßig erledigt, heißt es, sie sei keine gute Hausfrau. Xinyi frisst alles in sich hinein, ohne jemals zu widersprechen.

Als Didi einen Monat alt ist, bittet Johannes seinen Chef um die Mittel für die Anschaffung von neuen Laborgeräten. Als seine Bitte abgelehnt wird, verspürt er eine heftige Wut und kann sich nur mühsam beherrschen. Unter einem Vorwand entschuldigt er sich und läuft direkt nach Hause. Aber der Fußmarsch genügt ihm nicht, um sich abzureagieren, und als er Xinyi nicht vorfindet, wird er noch wütender. Plötzlich hat er rasende Kopfschmerzen und seine Augen brennen wie Feuer. Blindlings stürmt er ins Schlafzimmer, schlägt krachend die Tür zu, wirft sich angezogen aufs Bett und zieht sich die Decke über den Kopf. Er schläft wie ein Stein.

Als Xinyi mit Didi von einem Spaziergang zurückkommt, merkt sie gar nicht gleich, dass Johannes zu Haus ist. Sie füttert ihren Sohn, kocht das Abendessen und schaut mit dem Kind auf dem Arm aus dem Fenster. Erst als sie den Kleinen ins Bett bringen will, kommt sie ins Schlafzimmer und sieht voller Entsetzen, dass Johannes lang ausgestreckt auf dem Boden liegt. Sie fühlt die Welt über sich zusammenstürzen und stößt einen lauten Schrei aus. Hastig läuft sie zum Telefon, um einen Rettungswagen zu rufen.

Aber Johannes ruft sie zurück. »Xinyi, hab keine Angst, das ist nur Migräne. Das hab ich schon lange. Im letzten und vorletzten Jahr hab ich sie selten gehabt. Ich weiß nicht, warum sie dieses Jahr wieder so schlimm ist«, sagt er und presst die Hände fest auf die Augen.

»Komm, lass uns in die Klinik gehen!«, sagt Xinyi mit zitternder Stimme. Vom Wohnzimmer kommt ein lautes splitterndes Geräusch, offenbar hat Didi eine Vase oder etwas Ähnliches zerbrochen.

»Das hilft nichts. Ich war schon bei unzähligen Ärzten. Alle sagen, dass diese Migräne unheilbar ist. Man kann nur Schmerztabletten nehmen und warten, dass sie vorbeigeht. Xinyi, bitte hilf mir zur Toilette. Mach am besten das Licht aus, ich kann jetzt keine Helligkeit vertragen.«

Xinyi schaltet das Licht aus, hilft ihrem Ehemann vom Boden auf und führt ihn ins Bad. Johannes nimmt seine Schmerztabletten, und Xinyi mustert kritisch die Packung.

»Warum versuchst du es nicht mal mit chinesischer Medizin? Mein Vater hatte auch häufig Kopfschmerzen, bevor er schließlich durch traditionelle Medizin geheilt wurde. Sieh doch selbst, wie es dir heute Morgen noch ganz gut ging und du jetzt am Abend halbtot bist – du hast mich wirklich fast zu Tode erschreckt«, sagt sie.

»Eure komische Medizin kommt für mich nicht in Frage. Ihre wissenschaftliche Grundlage ist ganz unklar, ich glaube, sie beruht bloß auf Aberglauben und Hexerei«, versetzt Johannes kategorisch. »Du brauchst dir auch keine Sorgen zu machen. Nach ein, zwei Tagen wird alles von selbst wieder gut. Jedes Mal habe ich bisher so durchgehalten.«

Mit zwei Männern zu Hause, von denen der eine fast blind und der andere ein Baby ist, hat Xinyi von morgens bis abends zu tun. Vom Essen über das Anziehen bis zum Toilettenbesuch und zum Duschen – um alles muss Xinyi sich kümmern. Ihr Mann und ihr Sohn nehmen alle ihre Kräfte in Anspruch.

Dann endlich, nach zwei Wochen, fühlt Johannes sich wieder besser.

Xinyis ständige Anspannung bleibt nicht ohne Folgen: Die vom Kaiserschnitt zurückgebliebene Narbe verheilt nur sehr langsam.

Als Didi ein Jahr alt ist, will Johannes, dass Xinyi erneut schwanger wird. Der Arzt sagt aber, dass der Kaiserschnitt Xinyi erheblich geschwächt habe. Sie solle besser noch ein Jahr warten. Johannes ärgert sich darüber, dass seine »Familienplanung« nicht reibungslos funktioniert, aber dem Rat des Arztes muss er sich fügen.

Als die Jahresfrist vergangen ist, verlangt Johannes, dass Xinyi die Pille absetzt. Der Arzt verschreibt ihr einige schwangerschaftsfördernde Hormone, doch diese bleiben nach der Einnahme völlig wirkungslos. Nach drei Monaten hat Xinyi deswegen mit Johannes einen Streit, und schließlich muss sie den Arzt wechseln. Auch dieser Arzt verschreibt ihr Hormone, aber Xinyis Bauch bleibt eine uneinnehmbare Festung.

Eines Tages, als Didi im Wohnzimmer seinen Mittagsschlaf hält, tritt Xinyi beiläufig vor den Spiegel und stellt plötzlich fest, dass sie ihre schlanke und zierliche Figur eingebüßt hat. Ihr Körper zeigt eine plumpe Taille, und ihre einst feine und glatte Haut ist wie raues Papier. Ihr Gesicht ist aufgedunsen, ihre Stirn ist gefurcht – eine Folge der häufigen Unterleibsschmerzen. Sie erkennt sich fast selbst nicht mehr wieder. Die Verformung ihres Körpers bedrückt sie noch tagelang, dann setzt sie heimlich die Hormone ab.

Inzwischen ist der Arbeitsvertrag von Johannes erneut abgelaufen. Wieder muss er lange nach Arbeit suchen. Erst nach mehr als drei Monaten kriegt er eine neue Forschungsstelle. Diesmal in Berlin, an der Charité. Während seiner Arbeitslosigkeit ist die rätselhafte Migräne wieder akut geworden, und zwar noch schlimmer als beim letzten Mal.

Im Sommer 1996 hat Johannes eine günstige Dreizimmerwohnung in einem pockennarbigen Altbau im Wedding gemietet und holt seine kleine Familie zu sich nach Berlin. Abgesehen von seiner Forschung hält er noch einen Kurs an der Humboldt-Universität. Um irgendwann Professor zu werden, muss er eine bestimmte Anzahl von Unterrichtsstunden gegeben haben und darüber hinaus eine Habilitationsschrift von dreihundert Seiten anfertigen.

Um Forschungsergebnisse zu erzielen, steht Johannes häufig mitten in der Nacht auf und begibt sich noch ganz schlaftrunken ins Labor in der Nähe der Charité, um zu bestimmten Zeiten nach seinen Experimenten zu sehen. Manchmal kommt er zehn bis vierzehn Tage lang nicht dazu, sich nach dem Haushalt oder seinem Sohn zu erkundigen.

Nach ihrer Ankunft in Berlin hat Xinyi recht bald in einem Asienladen eine in Deutschland publizierte chinesische Monatszeitung namens ›Deguo daobao‹ (Deutsche Post) entdeckt. Daraufhin beginnt Xinyi, in ihren wenigen freien Stunden den Stift in die Hand zu nehmen und Beiträge über die kleinen Begebenheiten ihres Lebens für diese Zeitung zu schreiben. Dadurch lernt sie einige Chinesen kennen und schließt bald Freundschaft mit ihnen. Da Johannes ihr die ausbleibende Schwangerschaft zunehmend übelnimmt und sich Xinyi auch selbst noch ein Kind wünscht, macht sie über Bekannte eine chinesische Ärztin ausfindig und lässt sich ein traditionelles Fruchtbarkeitsmittel verschreiben. Drei Monate später ist Xinyi zum zweiten Mal schwanger. Johannes ist hocherfreut und wundert sich heimlich über die Wirksamkeit der chinesischen Medizin.

Zu dieser Zeit ist es gerade März und die Luft in den Berliner Parks und Straßen ist erfüllt von Pollenflug. Prompt kriegt Johannes wieder seine »Migräne« und muss ständig Schmerzmittel nehmen. Erneut schlägt ihm Xinyi vor, es mit chinesischer Medizin zu versuchen. Aber Johannes will mit dem »Teufelszeug« nach wie vor nichts zu tun haben. Wenn er als ernsthafter Wissenschaftler solche Zaubermittel verwende, würde er ja zum Gespött bei seinen Vorgesetzten und Kollegen werden, sagt er.

Xinyi gibt aber nicht auf. Sie bittet und bettelt, er solle es doch mal versuchen. »Ich will dir doch nicht schaden. Bitte, geh einmal hin! Mir zuliebe!«

Schließlich kann Johannes sich nicht länger wehren. In aller Heimlichkeit lässt er sich von Xinyi zu der chinesischen Ärztin in Schöneberg führen, die seiner Frau zur Schwangerschaft verholfen hat.

Die Ärztin verschreibt ihm einen Kräuteraufguss und gibt ihm das Rezept und eine Probepackung gleich mit. Die verschiedenen Zutaten sind nicht ganz billig, und so beschließt Xinyi, ihrer Schwester das Rezept nach China zu faxen, damit sie Johannes bei ihrer Rückkehr nach Deutschland eine ganze Kiste mit Kräutern mitbringen kann.

Täglich zweimal bereitet sie jetzt für ihren Mann seinen Kräuteraufguss und achtet streng darauf, dass Johannes ihn pünktlich austrinkt. Seine Schmerzen verschwinden zwar nicht sofort, aber nach einigen Wochen muss er zugeben, dass seine Nebenhöhlen offenbar nicht mehr so verstopft sind und seine Angst vor der Helligkeit nachlässt. Jetzt lässt Xinyi erst recht nicht mehr locker. Auch wenn Johannes oft über »dieses abscheuliche braune Zeug« mault und meckert, lässt sie ihn jeden Tag seinen Kräutersud trinken. Nach drei Monaten kommt es Johannes so vor, als habe er neue

Augen, so voller Leben sind sie. Seine Migräne ist spurlos verschwunden, und wenn er auch oft dumme Witze über Xinyis »Zaubertrank« macht, spürt sie doch Dankbarkeit in seinen Worten.

Im Januar 1998 wird das zweite Kind Ina zum jüngsten Mitglied der kleinen Familie. Zu dieser Zeit ist Didi beinahe vier Jahre alt und geht schon seit einem halben Jahr in den Kindergarten. Nach sieben Tagen im Wochenbett schiebt Xinyi täglich im Kinderwagen die kleine Tochter, um den großen Sohn zum Kindergarten zu bringen und abzuholen.

Wenn der Große aus dem Haus ist, kümmert sie sich um die Kleine. Früher, als sie nur ein Kind hatte, konnte Xinyi noch mit allem fertig werden, obwohl sie auch häufig erschöpft war. Nun hat sie plötzlich zwei Kinder. Der Große steckt voller Energie, tobt bis zehn Uhr abends herum und ist dann immer noch nicht bereit zu schlafen, während die Kleine um Mitternacht schreit, weil sie Milch trinken möchte. All dies führt dazu, dass Xinyi sich selber vernachlässigt und kaum Zeit hat, sich mal die Haare zu waschen. Fast immer, wenn ihr Sohn eine Krankheit aus dem Kindergarten mitbringt, steckt sich Ina kurz darauf bei ihm an. Wenn der Große dann wieder fieberfrei ist, muss die Kleine mit Fieber ins Bett. Haben die beiden Kinder sich erholt, dann macht Johannes ihr Kummer mit Erbrechen und Durchfall. Xinyi weiß vor lauter Arbeit gar nicht mehr, was sie tun soll. Vor lauter Verzweiflung möchte sie niederknien und Buddha ein Stoßgebet schicken.

Als endlich alle wieder gesund sind, ist Xinyi restlos erschöpft. Kaum lässt die Spannung ein wenig nach, bekommt sie eine wochenlange Erkältung und muss ständig husten. Sie fühlt sich, als habe man ihr einen halben Eimer Blut abgezapft. Ihr Dasein als Hausfrau und Mutter ist härter als jede Arbeit im Büro oder sonst wo.

Darüber hinaus findet sie, dass Johannes sich um sie und die Kinder kaum kümmert. Wenn er mal früher nach Hause kommt, hofft Xinyi, dass er ihr vielleicht etwas hilft. Aber er scheint gar nicht zu merken, wie sie sich schindet, und wenn sie mal etwas sagt, stellt er sich einfach taub. Stundenlang sitzt er vor dem Computer oder zieht die Bettdecke über den Kopf, um zu schlafen. Manchmal geht er auf Xinyis ausdrücklichen Wunsch mit den Kindern eine halbe Stunde vor die Tür, aber ehe man sich's versieht, sitzt er wieder vor dem Computer. Nach mehr als sechs Jahren Ehe hat Johannes nicht ein einziges Mal Essen gekocht. Nicht nur, dass er nie kocht, nach dem Essen schiebt er einfach den Teller weg und geht, ohne jemals beim Abräumen zu helfen, ganz als wäre er in der Kantine oder im Restaurant. Seine schmutzigen Socken und nassen Handtücher lässt er zusammengeknüllt im Bad auf dem Fußboden liegen.

In der ersten Zeit nach der Hochzeit hat Xinyi noch gedacht, er sei ja berufstätig und zu beschäftigt, während sie selbst ja nur Hausfrau war, so dass Socken und Handtücher quasi in ihren Bereich fielen. Daher hat sie damals noch bereitwillig hinter ihm hergeräumt. Seit die Kinder da sind, ist sie jedoch so überlastet, dass sie ihn mehrfach wegen seiner schlechten Angewohnheiten zur Rede gestellt hat. Er hört es sich an und macht dann einfach so weiter wie immer.

Eines Nachts erscheint ihr der Liebesbaum im Traum. Die Blätter rascheln im Wind, und Xinyi sitzt mit den

Kindern in seinem Schatten. Plötzlich fährt ein Blitz aus heiterem Himmel und ohrenbetäubender Donner erschüttert die Erde. Instinktiv wirft die Mutter sich über ihre Kinder.

In diesem Augenblick wacht sie auf. Johannes schüttelt sie an der Schulter. »Was ist denn, Liebling?«, fragt er.

»Ach, nichts. Ich hatte nur so einen Traum. Von einem Gewitter.«

Johannes lacht. »Vor einem Gewitter brauchst du doch keine Angst zu haben.«

Xinyi nickt. »Natürlich nicht«, sagt sie, schaut aber trotzdem lieber noch einmal nach den Kindern.

Dann geschieht etwas, das sie aus dem Gleichgewicht bringt. Es ist ein Dienstag im Frühherbst. Ina ist jetzt genau acht Monate alt. Die Sonne steht zwar noch hoch am Himmel, hat an Kraft jedoch schon merklich eingebüßt, und die Luft ist ein wenig kühl. Da das Institut ganz in der Nähe der Wohnung liegt, kommt Johannes häufig zum Mittagessen nach Hause. Aber an diesem Tag fährt er nach dem Mittagessen nicht wie sonst immer gleich zurück ins Labor, sondern setzt sich auf das breite Sofa, das für ihn den Inbegriff von Gemütlichkeit darstellt.

Xinyi hat gerade die Kleine gestillt, und weil Ina so gerne mit Mamas Haaren spielt, hat die Mutter selbst noch nicht gegessen, sondern die Kleine zum Sofa getragen. Meist kommt sie erst dann zum Essen, wenn alle anderen Familienmitglieder schon satt sind. Auf ihrer Bluse prangen zwei große Flecken von der Milch, die Ina bei ihrem Bäuerchen ausgespuckt hat, und ihrem aufgeschwemmten Gesicht sieht man den Schlafmangel an.

Dennoch schaut Johannes sie zärtlich an. »Xinyi, jetzt können wir an das dritte Kind denken. Du solltest bald wieder schwanger werden. Auf diese Weise können alle zusammen aufwachsen.«

Xinyi protestiert vorsichtig: »Mit so vielen Kindern werde ich nicht allein fertig. Schon von diesen beiden hier wird mir der Kopf schwer.«

Aber Johannes hat sich gut vorbereitet und versetzt im Ton eines Wissenschaftlers: »Gemäß den neuesten Erkenntnissen der Medizin über den körperlichen Zustand der Frauen während der Stillperiode ist eine Schwangerschaft zum jetzigen Zeitpunkt sowohl für die Mutter als auch für den Säugling die beste Wahl. Dein Körper hat sich schon ganz gut erholt. Wir dürfen diese Zeit jetzt auf gar keinen Fall verschenken.«

Xinyi erwidert sanft: »Deine Arbeitsstelle ist nicht sicher, wir sollten jetzt lieber kein Kind bekommen.«

Ina will nicht länger mit Mamas Haaren spielen und rutscht unruhig auf ihrem Schoß hin und her. Xinyi setzt sie auf den Boden und lässt einen Ball für sie rollen. Ina beginnt brabbelnd im Wohnzimmer umherzukrabbeln.

»Was hat denn meine Arbeit damit zu tun?« Johannes tut so, als versteht er seine Frau nicht. »Wir haben vereinbart, dass wir mindestens vier Kinder wollen.«

Xinyi lacht laut auf: »Schau dich doch mal um, deine Kollegen und die meisten anderen Deutschen um uns herum haben überhaupt keine Kinder, und die, die welche wollen, haben höchstens zwei. Wir haben diese zwei …«

Eine solche Redeweise kann Johannes, der sich so viel auf sein Wissen und seinen starken Charakter einbildet, nicht tolerieren. »Ich bin ich und die anderen sind die anderen«, erklärt er mit erhobener Stimme. »Ich finde es völlig fehl am Platze, wenn du mich mit anderen vergleichst. Du bist sehr wohl in der Lage, weitere Kinder zu gebären. Wenn die Kinder erst einmal auf der Welt sind, dann werden sie auf natürliche Weise ganz von alleine groß.«

Xinyi fährt sich mit den Fingern durchs Haar, um auf dem Kopf wieder Ordnung zu schaffen, dabei wirft sie zwischendurch einen kontrollierenden Blick auf die Tochter. »Entschuldige bitte«, sagt sie. »Ich ... ich glaube, dass mich dieses Leben wirklich zu sehr anstrengt. Sieh mich doch an, ich bin schon ganz ausgelaugt. Manchmal komme ich nicht mal zum Schlafen. Als ich heute Morgen vor dem Spiegel stand, habe ich plötzlich gedacht, dass ich schon gar nicht mehr wie ein Mensch aussehe.«

»Du bist jetzt schon fast sechsunddreißig. Wenn Frauen nach dem vierzigsten Lebensjahr schwanger werden, ist dies für den Fötus nicht gut, weil der Ausstoß mütterlicher Hormone schon stark gedrosselt ist. Daher müssen alle unsere Kinder vor deinem vierzigsten Lebensjahr geboren werden. Von heute an hörst du mit der Verhütung auf«, versetzt Johannes in schärferem Ton.

»Ich denke gar nicht daran, jetzt überhastet ein drittes Kind zur Welt zu bringen«, sagt Xinyi und schüttelt den Kopf.

Johannes presst die Lippen zusammen. Xinyi hat ihren Mann noch nie so böse gesehen. »So ist das also«, beginnt er. »Xinyi, du hast selbst gesagt, dass du vier bis acht Kinder haben willst. Wenn du dich jetzt weigerst, zerstörst du damit unsere Ehe. Dann brauchst du auch nicht mehr in dieser Wohnung zu wohnen.«

Xinyi ist sprachlos. Sie glaubt, sie hätte nicht richtig gehört. Dieser Kerl, für den sie kocht, putzt und bügelt, dem sie zwei Kinder geboren hat und den Haushalt führt, will sie plötzlich rausschmeißen?

»Ich bin doch keine Gebärmaschine«, schreit sie empört. »Wann ich schwanger werde, bestimme ich immer noch selbst. Und wenn du mich so behandelst, will ich schon gar kein Kind mehr. Und diese Ehe brauche ich auch nicht!«

Jetzt schreit auch Johannes: »Dann geh doch dahin zurück, woher du gekommen bist! Hau ab nach Shanghai! Du kannst gleich dein Ticket bestellen!«

Xinyi fängt an zu zittern. Sie ist die Mutter zweier Kinder und ihr Ehemann behandelt sie wie einen Putzlappen, den er jederzeit wegwerfen kann!

»Ja, dann trennen wir uns eben!«, stößt sie wütend hervor. »Dieses Leben habe ich sowieso satt! Und ob ich nach Shanghai zurückkehre, geht dich überhaupt nichts an!«

Johannes, der sich eben noch an die Sofalehne gelehnt hat, richtet sich plötzlich wie eine Kobra auf, stürzt sich auf sie und packt sie am Hals. Dieser hochgradig gebildete Intellektuelle kann Xinyis Widerspruchsgeist nicht ertragen. Wie zwei eiserne Kugeln drücken sich seine beiden Daumen tief in Xinyis Hals ein, so dass sie darin fast verschwinden. Xinyi bemüht sich zwei Mal um Gegenwehr, dann hört sie in ihrem Kopf etwas summen. Ihr ist, als stürze ein ganzer Berg auf sie herunter, und dann flimmert es vor ihren Augen. Sie spürt, wie ihre Hände und Arme ganz von alleine herabfallen und alle Kraft sie verlässt. Ein dicker, zäher Sirup verklebt ihre Sinnesorgane, dann fällt eine kalte, grenzenlose Finsternis vom Himmel herab und verschluckt sie vollständig.

Als Xinyi wieder zu sich kommt, liegt sie auf dem Boden. Ihre Kehle schmerzt, als habe jemand mit einem Messer hineingestochen. In einer Ecke des Wohnzimmers spielt Ina, und von Johannes ist keine Spur mehr zu sehen. Xinyi glaubt, dass sie das alles nur träumt, und streicht sich mit beiden Händen über ihr Gesicht. Sie merkt, dass sie noch etwas spürt, und erst jetzt ist sie wirklich überzeugt, dass sie doch nicht tot, sondern wieder zum Leben erwacht ist.

Als Johannes noch neben ihr gesessen hat, sind die Sonnenstrahlen vom Fenster genau auf den Fernseher gefallen; jetzt, wo Johannes verschwunden ist, spiegelt sich die Sonne noch immer im Bildschirm. Sie hat sich gar nicht bewegt.

Xinyi ist offenbar nur fünf bis sechs Minuten bewusstlos gewesen. Hat sie nicht auch eine Tür schlagen hören? Wahrscheinlich ist das Johannes gewesen. Ob er sich wohl davon überzeugt hat, dass ihr Herz noch schlägt? Oder ist er einfach davongerannt? Hätte er womöglich seine kleine Tochter an der Seite einer Toten zurückgelassen und wäre zur Arbeit gegangen?

Xinyi rappelt sich auf. Wie auf Watte geht sie in jedes der drei Zimmer und kontrolliert auch das Bad, und erst als sie sieht, dass Johannes weg ist, packt sie wie rasend eine Reisetasche und einen Rucksack. Innerhalb weniger Minuten hat sie einen ganzen Stapel Kindersachen hineingestopft. Dann läuft sie zum Fenster und späht wie ein entflohener Häftling auf die Straße. Von Johannes und seinem Auto ist nichts zu sehen. Auf dem linken Arm das Kind, in der rechten Hand das Gepäck hastet Xinyi die Treppe hinunter.

Der Kinderwagen steht unten im Hausflur. Ohne darauf zu achten, dass sie von Schweiß durchtränkt ist und ihr die Haare über den Augen kleben, legt sie ihre Tochter vorsichtig in den Kinderwagen und schnallt sich den Rucksack auf den Rücken. Es ist ihr egal, wie das aussieht. Die Reisetasche stellt sie quer auf den Kinderwagen und die restlichen Sachen stopft sie ohne zu überlegen in das Gepäcknetz. Ina fängt an zu heulen. Xinyi stopft ihr einen Keks in den Mund, schiebt den Kinderwagen aus der Tür und macht sich eiligst auf den Weg zum Kindergarten.

Didi hat gerade das Mittagessen beendet und sollte eigentlich Mittagsschlaf halten, stattdessen turnt er noch auf dem Spielplatz herum. Als er seine Mutter erblickt, gefriert sein Lächeln auf dem Gesicht. Xinyi teilt der Erzieherin mit, dass sie beinahe einen Zahnarzttermin für Didi versäumt hätte, und holt ihn vom Spielplatz. Didi ist viel zu verblüfft, um lange zu protestieren.

Sobald sie den Kindergarten verlassen haben, treibt sie ihren Sohn ständig an, schneller zu gehen. Er trabt eilig neben dem Kinderwagen her, den seine Mutter immer nervöser in Richtung U-Bahnhof schiebt. Plötzlich bleibt er wie angewurzelt auf dem Bürgersteig stehen. Xinyi geht laut schimpfend zurück und zerrt an ihrem Sohn. Dabei erst fällt ihr auf, dass der Boden unter Didis Füßen ganz nass ist. Ohne ein weiteres Wort holt sie eine saubere Hose aus der Tasche und wechselt ihrem Sohn auf der Straße die eingenässte Hose und Unterhose.

Vom Bahnhof Zoo fährt stündlich ein Schnellzug nach Westdeutschland. Bis der nächste Zug geht, dauert es nur dreißig Minuten. Xinyi kauft eine Fahrkarte, wobei sie ängstlich die Menschen beobachtet, die durch den Bahnhof strömen wie Ebbe und Flut. Sie sucht sich eine abgelegene Telefonzelle, um ihre Schwester in Köln anzurufen. Didi steht vor der Telefonzelle neben dem Kinderwagen mit seiner Schwester und stiert durch das Glas auf seine Mutter, deren Hände sich fest an den Telefonhörer klammern. Gewöhnlich redet Didi ohne Unterlass, wenn er seine Mutter sieht, mal chinesisch, mal deutsch, aber heute hat er noch kein Wort gesagt, ja nicht einmal gefragt, wohin sie überhaupt unterwegs sind. Nur als er seine kleine Schwester weinen hört, greift er nach dem Fläschchen, schiebt es ihr in den Mund und lässt sie saugen.

Nach einer mehr als vierstündigen Zugfahrt kommt Xinyi schließlich im Kölner Bahnhof an. Als sie ihre Schwester Guangyi erblickt, will sie den Mund öffnen, um zu reden, kann aber nur stammeln und schluchzen. Noch im Taxi laufen ihr die Tränen übers Gesicht.

Guangyi, die Johannes noch nie recht gemocht hat, ist voller Empörung, als ihre kleine Schwester ihr von seinem Verhalten erzählt. Sie ist entschlossen, ihn wegen der Misshandlung seiner Ehefrau bei der Polizei anzuzeigen. Als Xinyi das hört, ist sie voller Entsetzen und beschwört ihre Schwester inständig, nicht auf die Wache zu gehen. Obwohl Johannes ihre Liebe in seinen Fäusten erstickt hat, so ist er doch der Vater ihrer Kinder. Und erst mit Johannes hat sie erfahren, was es heißt, wie ein Ehepaar zusammen in einem Bett zu schlafen. Zwar hat sie jetzt in Bezug auf Johannes jegliche Hoffnung verloren, dennoch ist sie nicht dazu bereit, ihren Ehemann, mit dem sie seit sieben Jahren zusammen ist, in die Hände von Juristen fallen zu lassen. Schließlich versichert Guangyi, dass sie nicht zur Polizei gehen wird.

Stattdessen fragt sie, was Xinyi jetzt tun will. Peter, der Mann ihrer Schwester, schlägt ihr vor, erst einmal bei ihnen zu bleiben, dann werde man weitersehen. Xinyi ist tief bewegt, weiß aber auch, dass dies auf Dauer keine Lösung sein kann. Ihr Schwager geht jeden Tag ins Büro und verdient das für den Lebensunterhalt nötige Geld. Ihre Schwester arbeitet zwei Tage in der Woche in einer Fabrik für Fertiggerichte. Natürlich kriegt sie da nicht viel mehr als ein Taschengeld.

Xinyi hat in Deutschland noch nie gearbeitet. Sie hat keine eigene Quelle für ihren Lebensunterhalt und bringt noch zwei rotznäsige kleine Kinder in das sorgenfreie Leben von Schwester und Schwager. Obwohl sie in der Volkshochschule war und mit Johannes nur deutsch gesprochen hat, glaubt sie nicht, dass ihre Deutschkenntnisse ausreichen, um eine Arbeit zu finden, mit der sie sich und ihre Kinder ernähren kann. Sozialhilfe will sie auch nicht beantragen und weiß auch nicht, ob sie welche kriegen würde.

Andererseits hat sie immer noch ihren chinesischen Pass. Der Einbürgerungsantrag war zwar beschlossene Sache, aber die Mühlen der deutschen Ämter mahlen langsam und die Beamten haben immer neue Unterlagen von ihr und Johannes verlangt. Nein, sagt sie, da ist es besser, ich gehe nach China zurück. In Shanghai finde ich sicher Arbeit. Wenn ich dort Fuß gefasst habe, kann ich vielleicht sogar Ina zu mir holen.

Aber die Zukunft ihres Söhnchens lässt sie zögern. Didi spricht zwar einigermaßen Chinesisch, was seine Mutter ihm beigebracht hat, aber im Kindergarten hat er sich ein ruppiges Deutsch mit starkem Berliner Akzent angewöhnt. Für ihn wäre die völlig neue Umgebung ein großer Schock und Xinyi hat Angst, dass er in Shanghai schrecklich unglücklich wäre. Und von der Familie wäre auch niemand da. Soll Xinyi zurück in die Kleinstadt zu ihren Eltern? Das wäre ein großer Rückschritt für sie, denn das Wirtschaftswunder hat die Provinz Sichuan noch nicht im gleichen Maße erreicht wie die Küste. Ihre Mutter leidet an Altersvergesslichkeit und braucht in jeder Minute die Fürsorge ihres Vaters, und ihre Geschwister müssen alle viel arbeiten. Xinyi beginnt darüber nachzudenken, ob sie ihre beiden Kinder nicht bei den Eltern von Johannes lassen soll. Aber die Dinge entwickeln sich anders.

Am zweiten Abend nach Xinyis Ankunft bei ihrer Schwester klingelt es schrill an der Tür. Es ist kurz vor 18 Uhr, und der Schwager kommt in der Regel erst gegen 19 Uhr nach Hause. Guangyi läuft zum Fenster und blickt auf die Straße hinunter. Dann schließt sie leise das Fenster und sagt zu ihrer Schwester: »Dein Todfeind steht vor der Tür.«

Im Zimmer herrscht völlige Stille. Didi blickt aufgeregt seine Mutter an. Xinyi spürt im ganzen Körper ein lähmendes Prickeln wie nach einem elektrischen Schlag. »Lass ihn auf keinen Fall herein!«

»Ich werde doch so einen herzlosen Menschen nicht in unsere Wohnung lassen«, sagt Guangyi.

Alle sind mucksmäuschenstill. Vielleicht geht Johannes ja wieder weg! Nur gut, das er nicht ins Haus kann. Nach einer Weile vernimmt Guangyi schwach, wie es an der Tür der Nachbarin läutet. In dem Gebäude wohnen nur acht Parteien, und es ist nicht gesagt, dass jemand Johannes die Haustür öffnet. Guangyi bleibt nah beim Telefon – für den Fall, dass Johannes doch bis zur Wohnungstür kommt. Dann will sie sofort die Polizei rufen.

»Öffnet die Tür, ich will zu meinen Verwandten!«, brüllt Johannes vor der Haustür herum. In den Ohren der beiden Frauen explodiert seine Stimme wie eine Bombe. Xinyis ganzer Körper verkrampft sich. Es scheint jedoch, als würde niemand Johannes die Tür öffnen.

Nachdem er fünf, sechs Minuten lang herumgeschrien hat, nimmt Johannes Anlauf und wirft sich mit gekrümmtem Rücken gegen die Tür. Das hundert Jahre alte Holz und das wackelige Schloss halten dem Ansturm nicht lange stand. Nach kurzer Zeit springt die Haustür mit einem Knall auf. Johannes stürmt sofort die Treppe hinauf und hämmert mit der Faust an Guangyis Wohnungstür. Das ganze Treppenhaus hallt wider.

Guangyi greift nach dem Telefon und wählt 110. Der Beamte am anderen Ende der Leitung teilt ihr mit, dass bereits ein anderer Hausbewohner angerufen habe und ein Streifenwagen schon unterwegs sei.

Guangyi hat gerade den Hörer aufgelegt, als sie auch schon das Martinshorn hören und zwei grün-weiße Streifenwagen vor dem Haus halten. Fünf, sechs Polizeibeamte stürmen gleichzeitig ins Treppenhaus.

Aber auch Johannes hat die Polizeisirene gehört und erkennt seine brenzlige Lage. Er tritt den Rückzug an und prallt beim Hinunterlaufen im Treppenhaus mit den hinaufstürmenden Polizisten zusammen. Diese tragen alle Pistolen am Gürtel. Der eben noch stark geschwollene Hals von Johannes wird plötzlich ganz dünn, und der Riese, der eben noch so wild geschrien hat, verwandelt sich in einen rachitisch Gekrümmten. Gehorsam geht er mit den Polizeibeamten die Treppe hinunter.

Guangyi öffnet das Fenster einen Spalt weit. Sie sieht, wie die Polizisten die Personalien des Wüterichs aufnehmen und ihn dann auffordern, sich in den Streifenwagen zu setzen. Johannes gibt seine Antworten mit einer so kleinlauten Stimme, dass Guangyi im dritten Stock nichts versteht. Danach wird er mit gesenktem Haupt in den Streifenwagen geschoben. Als jemand an der Wohnungstür klingelt und Guangyi zur Tür geht, schärft ihr Xinyi laut flüsternd ein: »Auf keinen Fall darfst du sagen, dass mich Johannes am Hals gewürgt hat.«

Vor der Tür steht ein Polizist und möchte Erkundigungen einziehen. Nachdem Guangyi bestätigt hat, dass Johannes derjenige ist, der die Tür aufgebrochen hat, fragt der Uniformierte, ob sie in einer Beziehung zu dem Gewalttäter steht. Guangyi muss zugeben, dass sie verschwägert sind, erwähnt jedoch mit keinem Wort ihre im Nebenzimmer verborgene Schwester. Nachdem der Polizist alles protokolliert hat, teilt er Guangyi mit, dass man jetzt Johannes auffordern werde, ihr Wohngebiet zu meiden, da er kein Recht habe, sich gewaltsam Zutritt zu den Wohngebäuden anderer Personen zu verschaffen. Falls er noch einmal auftauchen sollte, solle sie bitte umgehend die Polizei verständigen.

Vor dem Gebäude haben sich inzwischen zahlreiche Schaulustige eingefunden. Nach einigen Minuten steigt Johannes wie ein braver Schuljunge aus dem Streifenwagen aus. Ganz vorsichtig geht er zu seinem eigenen Auto und startet den Motor. Als er anfährt, folgt ihm ein Streifenwagen. Xinyi hat sich hinter der Gardine verborgen und vom Fenster aus alles beobachtet. Sie kann es noch gar nicht glauben, was da geschehen ist.

Nach einer Viertelstunde ruft einer der Beamten vom nächsten Polizeirevier an und teilt Guangyi mit, dass Johannes das Stadtgebiet verlassen habe und auf die Autobahn nach Dortmund gefahren sei. Danach habe die Polizei die Überwachung erst einmal eingestellt.

Johannes ist wieder weg, aber der Schreck sitzt Xinyi noch in den Knochen. Den ganzen Abend lang fürchtet sie, dass er zurückkommt und plötzlich erneut vor der Tür steht. Johannes erscheint jedoch nicht mehr.

Stattdessen ruft am nächsten Morgen die Schwiegermutter aus Dortmund an. Xinyi hat ohnehin vor, mit der Schwiegermutter über die Unterhaltszahlungen für ihre Kinder zu reden, und geht ans Telefon, aber die Schwiegermutter fängt sofort an zu schimpfen: »Du hast wirklich überhaupt keinen Anstand! Wie kannst du bloß deinen Mann so behandeln! Er fährt einen ganzen Tag lang mit dem Auto, um dich abzuholen, und du öffnest ihm nicht einmal die Tür. Das ist schamlos!«

Xinyis Gesicht rötet sich: »Wenn hier jemand keinen Anstand hat, dann ist es dein Sohn! Er hat mich fast zu Tode gewürgt. So eine Sohn hast du!. Du hast ihn großgezogen, und jetzt machst du *mir* Vorwürfe? *Das* ist schamlos!«

»Was erzählst du denn da! Red keinen Unsinn, du hast den Ruf meines Sohns schon genug geschädigt. Wo er doch bald Professor werden soll. Ich weiß genau, dass mein Sohn so etwas nie tun würde. Wer bist du denn schon? Du kannst dir nicht mal ein paar zusammenhängende Sätze auf Deutsch zusammenstottern und willst meinen Sohn anschwärzen? Wohin hast du die Kinder gebracht?«

»Sie stehen hier genau vor mir.«

»Gib die Kinder heraus und verschwinde nach China! Du bist völlig ungeeignet als Ehefrau für meinen Sohn und genauso ungeeignet als Mutter für meine Enkel.«

Xinyi sieht rot: »Versuch's doch und hol dir die Kinder! Wenn du es wagst, hierherzukommen, ruf ich die Polizei! Das sind meine Kinder, und die werd ich dir nie überlassen!«

»Zum Teufel mit dir!« Die Schwiegermutter legt mit einem Knall den Hörer auf. Auch Xinyi lässt entnervt den Hörer fallen.

Sie weiß nicht, was sie jetzt tun soll. Wovon soll sie leben? Wo soll sie mit ihren Kindern hin? Ihr großer Sohn Didi nässt mit vier Jahren noch ständig ein. Sein Vater hat ihn dafür immer bestraft. Wenn er in der Nacht von Didis Weinen geweckt worden ist, hat er den schreienden Jungen splitternackt ausgezogen, in die Badewanne gesetzt und kalt abgeduscht. Didi hat immer schrecklich geweint, und seine Mutter hat verzweifelt an die Tür des Badezimmers getrommelt. Aber ihren Mann hat das völlig kaltgelassen. Erst wenn der Kleine am ganzen Körper zitterte und blau anlief, hörte er auf, ihn zu quälen.

Xinyi hat immer wieder mit Johannes darüber zu reden versucht, aber der behauptete, nur wenn ein Kind bestraft werde, lerne es seine Lektion. Sie hat Johannes nicht umstimmen können und immer wieder hinnehmen müssen, dass er das Kind bestrafte.

Zuletzt war Didi schon beinahe darüber hinweg. Fast ein halbes Jahr lang hat er so gut wie nicht mehr eingenässt, aber seit ihrer Flucht aus Berlin macht er wieder regelmäßig ins Bett. Einmal geht sogar tagsüber das große Geschäft in die Hose. Als Xinyi den Gestank bemerkt, bricht Didi in Tränen aus und sagt, er habe gar nicht bemerkt, was passiert sei.

Xinyi nimmt an, dass er unter Ängsten leidet, ist aber selbst so unglücklich und erschöpft, dass sie einfach nicht weiß, wie sie ihr Kind trösten soll. So kann sie ihm nur wortlos die Hose wechseln und von Hand auswaschen. Dabei denkt sie: Wenn ich meine Kinder mit nach Shanghai nehme, dann bin ich den ganzen Tag damit beschäftigt, mich um sie zu kümmern! Was soll dann aus meiner Arbeit werden! Wovon sollen wir leben?

Xinyi sieht, wie sich von überall schwarze Wolken über ihrem Kopf zusammenziehen. Sie schließt die Augen und schüttelt sich, um das Unheil abzuwehren. Da sieht sie plötzlich ihren Liebesbaum vor sich. Die Äste sind schwarz verkohlt, und der Stamm ist gespalten. Aber noch ehe sie alles richtig erkennt, ist das Bild schon wieder verschwunden.

Von da an wünscht sie sich jeden Abend, dass ihr der Baum noch einmal im Traum erscheint. Vielleicht ist ja noch etwas zu retten?

Nach einer Woche sieht sie den vertrauten Baum tatsächlich wieder. Die Blätter sind alle verschwunden. Die Äste sehen verdorrt aus, als wollten sie nie wieder grün werden. Der Anblick erfüllt Xinyi mit Traurigkeit, und ihre Tränen fallen auf den Boden. Da hört sie eine Stimme: »Fülle die Spalte mit Ton, der vom Speichel der Schwalben benetzt ist, dann könnten die Früchte gerettet werden.«

Als sie aufwacht, weiß sie nicht, was sie mit diesem Traum anfangen soll. Der von Schwalbenspeichel benetzte Ton ist in China eine hochgeschätzte Medizin. Reiche Leute nehmen morgens einen mit solchem Ton zubereiteten Brei zu sich, weil er angeblich die Jugend und Schönheit verlängert. Sogar tot geglaubten Frauen flößt man ihn ein, in der Hoffnung, dass er sie zum Leben zurückbringt.

Aber das ist in China. Wo soll sie hier so etwas herkriegen? Und was soll es ihr nutzen?

Johannes ist inzwischen nach Berlin zurückgekehrt. Erst nachträglich ist ihm klar geworden, dass der Zusammenstoß mit der Polizei seine Karriere gefährden könnte. Er hat große Angst, dass sein gewalttätiger Auftritt irgendwo in die Akten eingegangen sein könnte. Ein Beamter darf sich nichts zuschulden kommen lassen, und eine Berufung zum Professor ist nahezu ausgeschlossen, wenn er einen solchen schwarzen Fleck in seinem Lebenslauf hat.

Bei dem Gedanken, dass Xinyi zur Polizeiwache gehen und dort den ganzen Sachverhalt berichten könnte, bricht Johannes der kalte Schweiß aus. Er will keine weitere Niederlage einstecken, weiß aber nicht, wie er an Xinyi herankommen soll. So bleibt ihm nichts anderes übrig, als täglich bei ihr anzurufen und sie zu bitten, nach Hause zu kommen. Auch seine Mutter ruft immer wieder bei Xinyi an, und ihr Tonfall ist plötzlich um einiges milder.

Xinyi denkt allerdings gar nicht daran, die Anrufe der beiden entgegenzunehmen, und so teilt Guangyi dem jeweiligen Gesprächspartner mit, dass ihre Schwester nicht mit ihnen sprechen möchte.

Seit Johannes sich seine Abfuhr geholt hat, kommt ihm jeder Tag wie ein Jahr vor. Er fühlt sich schrecklich allein in Berlin, und ein paar Mal bricht er am Telefon in Tränen aus. Er fleht Guangyi an, sie solle ihre Schwester bitten, wieder zu ihm zurückzukehren. Als Xinyi hört, dass Johannes geweint hat, ist sie schon ein wenig gerührt und verunsichert.

Inzwischen hat die Kölner Polizei die Berliner Kollegen über den Zwischenfall informiert. Daraufhin schickt die Berliner Polizei Johannes einen Fragebogen ins Haus und verlangt eine Erklärung seines Verhaltens in Köln. Einige Fragen sind für seine Frau vorgesehen und auch sie muss am Ende ihre Unterschrift leisten. Johannes gerät in Panik. Ihm wird klar, wenn er seine Ehe nicht kittet, ist seine Karriere auch dahin.

Nach weiteren vier, fünf Tagen sehnsüchtigen Wartens, ohne dass ein Gespräch mit Xinyi zustande kommt, teilt Johannes Guangyi unter Schluchzen und Tränen mit, dass er Xinyi nie wieder unter Druck setzen werde, weitere Kinder zu kriegen. Er habe unrecht gehandelt und bitte seine Frau um Verzeihung. Sie möge so rasch wie möglich mit den Kindern nach Hause kommen.

Als Xinyi das hört, wird sie weich. Als er das nächste Mal anruft, ist sie bereit, wieder mit Johannes zu reden.

Nachdem sie zwanzig Tage in Köln verbracht hat, gibt Xinyi nach. Sie hat hin und her überlegt, ohne jedoch einen Ausweg zu finden. Ihr Sohn jammert, er wolle endlich nach Berlin zurück, und ihr Mann fleht täglich am Telefon, sie solle zu ihm zurückkehren. Damit die Kinder wieder ein Zuhause haben, bringt sie Xinyi zähneknirschend zurück nach Berlin.

Xinyi und Johannes sind beide sehr blass und um einiges abgemagert. Beim Wiedersehen geben sie sich nicht einmal die Hand, von einer Umarmung zu schweigen.

In der Wohnung herrscht völliges Chaos, überall liegen schmutzige Kleider und verschimmelte Handtücher herum. Sogar Johannes' Reisschale von ihrem letzten chinesischen Essen vor Xinyis Flucht steht noch auf dem Tisch. Die Reiskörner am Rand sind ganz vertrocknet und aufgeplatzt. Offenbar hat ihr Ehemann zu Hause kein Geschirr angerührt und hat jeden Tag in der Mensa gegessen.

Als Xinyi ins Wohnzimmer kommt, hat sie das Gefühl, in eine Gefängniszelle zu treten, in der sie jetzt lebenslang eingesperrt sein wird. In der Mitte ihres Kerkers glaubt sie den Liebesbaum zu sehen. Er ist immer noch gespalten, und von einer Erholung ist nichts zu sehen. Aber solange es den Baum noch gibt, darf sie nicht aufgeben!

Sie presst die Lippen zusammen und fängt schweigend an aufzuräumen. Ihrem Mann und den Kindern geht sie dabei aus dem Weg.

Johannes konzentriert sich ganz auf die Kinder und wirft ihr nur ab und an einen verstohlenen Blick zu. Didi macht es seinem Vater leicht: Er kommt voller Ungeduld ins Wohnzimmer gestürmt, wirft die Kiste mit seiner Holz-Eisenbahn und den dazugehörigen Schienen auf den Boden und ruft: »Ich hab so lange nicht mehr Eisenbahn gespielt. Papi, ich will mit der Eisenbahn spielen.«

Johannes setzt sich hin, hebt den großen Sohn hoch, nimmt die kleine Tochter auf seinen Schoß und beginnt gemeinsam mit den beiden Kindern die Eisenbahngleise zusammenzusetzen. Die Atmosphäre in der Wohnung lockert sich Schicht um Schicht wie ein Croissant auf dem Toaster.

Das Abendessen verläuft still. Johannes ist froh, dass Xinyi Spaghetti gekocht und den Tisch gedeckt hat. Auch die Kinder sind friedlich und gehen ganz ohne Getöse ins Bett. Als sie eingeschlafen sind, holt sich Xinyi ihr Bettzeug, bezieht alles frisch und richtet sich damit auf dem Sofa im Wohnzimmer ein.

Johannes fragt irgendwas aus dem Schlafzimmer, aber sie geht nicht darauf ein. »Gute Nacht«, ruft sie zurück und knipst das Licht aus. Er lässt nichts mehr von sich hören, was sie ein wenig beruhigt. Das Sofa ist unbequem, aber Xinyi ist so erschöpft, dass sie trotzdem bald einschläft.

Am nächsten Abend sitzt Johannes auf dem Sofa und sieht fern, als Xinyi aus dem Kinderzimmer herauskommt. Sie setzt sich ans andere Ende des Sofas und sieht wortlos mit. Gegen Mitternacht wird sie müde und beginnt zu gähnen. Doch erst nach eins schaltet er den Fernseher aus und verschwindet in Richtung Schlafzimmer.

Die folgenden fünf Nächte verlaufen nach dem gleichen Muster: Johannes sieht im Wohnzimmer ausgiebig fern und hindert seine Frau daran, rechtzeitig schlafen zu gehen. Es ist eine stumme, aber sehr verbissene Auseinandersetzung. Er möchte, dass Xinyi zu ihm ins Bett kommt, sie will aber nicht. Beide wagen nicht, darüber zu reden, um das prekäre Gleichgewicht nicht zu stören.

Aber Xinyi ist müde und unkonzentriert. Am siebten Tag nach ihrer Rückkehr schneidet sie sich in den Finger, als sie das Abendessen zubereitet. Sie klebt hastig ein Pflaster darauf und macht weiter.

Beim Essen sieht Johannes die Wunde mit dem schief geklebten Pflaster und fragt, was passiert ist.

»Das siehst du doch, ich hab mich geschnitten«, sagt Xinyi. Aber damit gibt Johannes sich nicht zufrieden. Nach dem Essen besteht er darauf, die Wunde »professionell« zu behandeln. Er nimmt Xinyis Hand in seine, wäscht die Wunde mit einem desinfizierenden Mittel, reibt Wundsalbe darauf und verbindet sie fachmännisch. Es ist das erste Mal, dass er sie wieder berührt, seit er sie vor Wochen gewürgt hat.

Eine Woche später. Xinyi ist an Inas Bett eingeschlafen, als Rufe aus dem Schlafzimmer nebenan sie wecken. Die Stimme ihres Mannes klingt krank, und Xinyi entscheidet sich, nach ihm zu sehen. Kaum hat sie das Licht angeknipst, zieht sich Johannes hastig das Kissen über den Kopf. »Mach das Licht aus. Es brennt in meinen Augen«, sagt er mit heiserer Stimme.

Xinyi lässt die Dunkelheit wieder zurückkehren und tastet sich ans Bett heran. Gott sei Dank hat Johannes kein Fieber. Aber kommt jetzt seine alte Augenkrankheit wieder zurück?

Johannes bittet um Aspirin. Aber hat er am Abend nicht schon eine Tablette genommen? Das hat Xinyi gesehen. Trotzdem gibt sie ihm wie geheißen zwei Tabletten und hofft, dass die Medizin diesmal wirkt. »Wenn's morgen nicht besser wird, gehe ich mit dir zu meiner chinesischen Ärztin«, sagt sie tröstend und deckt ihn im schwachen Licht von draußen behutsam zu.

Johannes nimmt ihre Hände in seine und hält sie ganz fest. »Seit du nicht mehr neben mir schläfst, überfallen mich ständig Alpträume. Ich kann nicht ohne dich schlafen. Du bist doch schließlich meine Frau. Bitte, schlaf bei mir, Xinyi.«

Xinyi schweigt. Das Zerwürfnis zwischen ihnen hat ihm offensichtlich auch zugesetzt. Er tut ihr leid, und sich ständig zu wehren ist anstrengend. »Ja«, sagt sie so schwach, dass es kaum zu hören ist.

Aber Johannes hat es gehört und zieht sie ins Bett. Er drückt sie an sich und bedeckt sie mit Küssen. Als sie nicht reagiert, wagt er sich mit der Hand tief unter die Bettdecke und berührt sie.

»Ich dachte, du hättest Kopfschmerzen«, sagt Xinyi und dreht sich zur Seite, um seine Hand abzuschütteln.

»Nur ein bisschen«, sagt er zweideutig und bemüht sich weiter unter der Decke. Als er in sie einzudringen versucht, lässt sie ihn gewähren. Wenn sie ohnehin bei ihm bleibt, hat es keinen Sinn, sich zu wehren. Es ist Zeit, den Streit zu beenden.

Auch später lässt sie jetzt wieder zu, dass er gelegentlich auf sie draufklettert, wenn auch nicht so regelmäßig wie früher. Außerdem scheint Johannes immer häufiger Schwierigkeiten dabei zu haben. Oft wird er nicht richtig hart, und manchmal denkt Xinyi, dass er nur mit ihr schläft, um seinen Anspruch auf sie zu behaupten. Allerdings hat Xinyi auch keine großen Erwartungen mehr. Für sie ist der Sex nur noch das notwendige Übel der Ehe, nicht viel anders als Zähneputzen oder Geschirrspülen.

Beim Ausfüllen des Fragebogens von der Berliner Polizeibehörde hat Johannes seine Frau klar instruiert. Sie darf lediglich schreiben, dass es zwischen den Eheleuten kürzlich einige Auseinandersetzungen gegeben, ihr Mann jedoch keinerlei Gewalt gegen sie angewendet habe. Um die Zukunft ihres Mannes nicht zu gefährden, verschweigt sie, dass dieser sie um ein Haar zu Tode gewürgt hätte, und bestätigt mit ihrer Unterschrift, dass sie sich lediglich verbal gestritten hätten.

Allerdings enthalten die Antworten auf dem Fragebogen zahlreiche Ungereimtheiten und Lücken, so dass ihnen die Polizeibehörde einen Monat später erneut einen Fragebogen mit noch genaueren Fragen ins Haus schickt. Johannes ist von panischer Furcht ergriffen und verfällt schließlich auf den brillanten Gedanken, Xinyi eine gesonderte Erklärung über den Ablauf des Geschehens verfassen zu lassen, die sie seinen Antworten beifügen soll.

Gedacht, getan. Johannes verfasst in Xinyis Namen eine Erklärung, in die er einige Schreib- und Grammatikfehler einbaut, damit sie recht authentisch wirkt. Darin schreibt er, es habe zwischen Ehemann und Ehefrau eine geringfügige Auseinandersetzung gegeben und an jenem Tag in Köln sei der Ehemann ein bisschen aufgeregt gewesen und habe sich bei ihrem Streit nicht anders zu helfen gewusst, als auf der Straße herumzubrüllen. Er habe nicht im Geringsten die Absicht gehabt, Gewalt anzuwenden. Außerdem lebten beide Parteien bereits wieder einträchtig zusammen, respektierten sich gegenseitig usw. Davon, dass der Ehemann sie gewürgt hat, ist selbstverständlich keine Rede in der Erklärung. Es ist, als habe dieses Ereignis nie stattgefunden.

Xinyi schreibt den vorgesetzten Text brav ab und fühlt sich dabei wie in einem Schraubstock. Aber sie schweigt und am Ende unterschreibt sie ihn brav. Damit gibt die Polizei sich zufrieden und stellt Johannes keine weiteren Fragen zu der aufgebrochenen Tür in Köln mehr.

Seit die Kinder zurückgekommen sind, spielt Johannes ganz gegen seine Gewohnheit aus eigenem Antrieb mit ihnen und bringt Didi auch neue Spiele bei. Als Xinyi kurz vor dem Wechsel zum neuen Jahrtausend mal davon spricht, sie müsse etwas für ihre Fitness tun, kauft Johannes ihr einen Hometrainer. Er ermuntert sie sogar, sich eine Arbeit zu suchen. Zuweilen rufen Bekannte an und bitten sie darum, eine Reisegruppe aus China in der Stadt herumzuführen oder in einem Restaurant auszuhelfen. Als sie mit Johannes darüber spricht, äußert er keine Einwände und lässt sie zur Arbeit gehen. Da er selbst rund um die Uhr beschäftigt ist, besorgt er sogar einen Babysitter. Infolgedessen lässt Xinyis Misstrauen gegenüber ihrem Ehemann allmählich nach.

Natürlich gibt es auch wieder Konflikte und Ärger, und wenn sie miteinander streiten, redet Xinyi von einer Scheidung. Aber Johannes tut jedes Mal so, als hätte er nichts gehört.

Dann erfährt Xinyi, dass ihre Schwester für ein paar Wochen nach Hause fliegt, um ihre Eltern zu besuchen. Guangyi war nicht glücklich, dass Xinyi zu ihrem Mann zurückgekehrt ist, wusste aber auch keine andere Lösung.

»Was soll ich den Eltern sagen?«, fragt sie.

»Sag, dass es gut ist«, sagt Xinyi tapfer. »Ich komme schon klar.« Dann fällt ihr noch etwas ein. »Kannst du mir ein kleines Stückchen Ton aus China mitbringen? Ton, der vom Speichel der Schwalben benetzt ist?«

Guangyi stellt keine Fragen, und als sie ein paar Wochen später aus China zurückkommt, hat sie tatsächlich ein bohnengroßes Stück Ton im Gepäck.

Als Xinyi den Schatz in der Hand hält, strahlt sie übers ganze Gesicht. Sie lässt den Ton in ein jadegrünes Glas einarbeiten und trägt ihn von nun an als Talisman über dem Herzen.

Im Januar 2002 wird Johannes nach einer Reihe von Prüfungen schließlich habilitiert. Jetzt muss er nur noch von einer Universität berufen werden, um ordentlicher Professor zu werden. Während eine Welle von Unternehmenskonkursen das Land überrollt, verlängert die Charité noch ein weiteres Mal seinen Arbeitsvertrag, da die von ihm bearbeiteten Forschungsthemen neu und originell sind. Seit seine Migräneanfälle durch die traditionelle chinesische Medizin geheilt worden sind, zeigt Johannes sich von diesem Thema ganz fasziniert und beantragt ein Forschungsprojekt, bei dem die Wirkstoffe chinesischer Medizin bei der Heilung von Darmkrankheiten analysiert werden sollen.

Gerade als er sich im Aufwind befindet, erfährt Johannes von seiner Mutter, dass seine hochschwangere Schwester sich von ihrem Freund getrennt hat. Johannes ist sehr überrascht und bemüht sich, die Nachricht unter Verschluss zu halten. Vor allem Xinyi soll ja nichts davon erfahren, damit sie nicht auf »dumme Gedanken« kommt, wie Johannes zu seiner Mutter sagt. Wenn jemand anruft, stürzt er hastig zum Telefon und telefoniert dann hinter geschlossener Tür.

Aber Xinyi will gar nicht wissen, worum es bei dieser Heimlichtuerei geht. Sie ist der gesamten Familie längst überdrüssig. Sie vertreibt sich die Zeit lieber mit Dingen, die ihr selbst wichtig sind.

Dennoch spürt sie, dass ihr Ehemann Angst davor hat, sie könnte verschwinden, wenn sie es nicht mehr aushält. Sie denkt jedoch gar nicht daran, die Kinder im Stich zu lassen und ihrer Wege zu gehen. Ohne die Kinder hätte sie das Spiel ihrer »schicksalhaften Begegnung über eine große Entfernung« allerdings längst beendet. Denn jetzt leben sie täglich ganz ohne schicksalhafte Begegnung nebeneinanderher, ohne sich im mindesten zu kennen.

Johannes ist allein nach Dortmund gefahren. Als er dort seine Schwester trifft, sieht er mit eigenen Augen, wie es ist, wenn der halbe Himmel einstürzt. Seine früher anderen gegenüber stets so überlegene Schwester gleicht einem zertretenen Wurm. Mit verheultem Gesicht kauert sie in ihrem Zimmer und weiß nicht mehr ein noch aus. Johannes kann ihr allerdings auch nicht helfen, redet nur von Kindergeld, gesellschaftlicher Verpflichtung und alleinerziehenden Müttern, die doch heute keine Seltenheit wären.

Nach seiner Rückkehr ist Johannes eine Zeitlang von ruheloser Fürsorglichkeit. Früher hätte er im Traum nicht daran gedacht, dass ein Mitglied seiner arroganten Familie jemals von einem Partner weggeworfen werden könnte wie ein Paar abgetragene Schuhe. Seine Schwester ist schließlich studierte Juristin und hat einen guten Job in der Industrie. In ihren Beziehungen ist sie immer die Stärkere gewesen und hat sich Männer gesucht, die sich alles gefallen ließen. Auch ihr bisheriger Freund, mit dem sie fünf Jahre zusammen war, hat sich immer in allem gefügt. Warum er jetzt plötzlich in eine andere Stadt gegangen ist, hat Daniela bis heute noch nicht begriffen.

Johannes aber hat jetzt verstanden, dass er trotz seiner akademischen Bildung und seiner vermeintlich unerschütterlichen Prinzipien sehr viel verletzlicher ist, als er bisher geglaubt hat. Selbst wenn er schon Professor auf Lebenszeit wäre: Wenn ihn die scheinbar so schwache, geduldige und fügsame Xinyi verlässt, ist er plötzlich ganz hilflos.

Als Xinyi nach Köln geflüchtet ist, hat Johannes dies nur als Zeichen ihrer Schwäche gewertet. Er wusste, dass sie Angst vor ihm hatte; dass sie ihn eines Tages für immer verlassen könnte, war ihm keine Sekunde lang in den Sinn gekommen. Erst das Gespräch mit seiner Schwester hat ihn wachgerüttelt, jetzt ahnt er, dass er nicht so unverwundbar ist, wie er dachte. Er beschließt, die häusliche Atmosphäre auf jeden Fall zu verändern.

Im April 2002 erwähnt Johannes ganz von alleine, dass er an ihrem vierzigsten Geburtstag mit Xinyi in ein schönes Restaurant gehen und sich einen Abend mit ihr unterhalten möchte. Xinyi bittet eine Freundin, auf die Kinder aufzupassen, und sie fahren hinaus zum Wannsee ins Fu Lin Men. Von ihrem Tisch aus überblickt man das dunkle Wasser, und am anderen Ufer blinken die Lichter.

Jetzt, wo sie sich gegenübersitzen und nur noch die Gefühlslage des »Du und Ich« existiert, fällt ihnen auf einmal wieder das Café Böhmer ein, in dem sie vor zehn Jahren am Rheinufer saßen. Die Herzen der beiden scheinen in jene Zeit der ersten Verliebtheit zurückzufliegen und sie beginnen, ganz unbefangen zu plaudern und sich ohne jede Zurückhaltung über alles Mögliche zu unterhalten. Sie reden über Musik, die deutsche Politik, Ausländer in Berlin und sogar über die Beziehungen zwischen Männern und Frauen. Nach zwei Gläsern Rotwein gibt Johannes zu, dass er die Herrschsucht und den Egoismus der deutschen Frauen nicht ertragen könne, es mangele ihnen an Wärme. Natürlich münden seine Ausführungen in einem Lob auf die Frauen aus Asien.

Xinyi hat inzwischen vom Wein rote Wangen bekommen und wird ungewöhnlich gesprächig. Sie gesteht, dass sie Männer möge, die zärtlich sein könnten und sich sowohl in der Liebe auskennen als auch ihre Verantwortung gegenüber ihrer Familie ernst nehmen. Männer dieser Art seien auch in China Mangelware. Johannes schließt sofort daran an und erwidert, dass er seiner Frau von Herzen dankbar sei, dass sie ihm all die Jahre die Treue gehalten habe und ihm überallhin gefolgt sei.

Xinyi zögert eine Sekunde. Dann sagt sie: »Berlin gefällt mir am besten. Obwohl ...« Die Erinnerung an den traurigsten Moment ihres Lebens liegt ihr auf der Zunge und drängt danach, in Worte verwandelt und ausgesprochen zu werden. Aber Xinyi bezwingt sich und biegt eilig von dem gefährlichen Thema ab: »... obwohl ich mich hier dauernd verlaufe. Gestern bin ich schon wieder mit einem falschen Bus gefahren, als ich zum Arzt wollte. Ich weiß gar nicht, wie mir das passiert ist.« Sie kichert wie ein junges Mädchen und gibt sich Mühe, die warme Atmosphäre zwischen ihnen noch wärmer zu machen.

»Ich habe heute eine Bewerbung an der Uni in Amerika eingereicht. Dort ist eine Professorenstelle mit einem Sechsjahresvertrag ausgeschrieben«, sagt Johannes mit einem Mal. »Du hast doch nichts gegen Amerika, oder?«

Xinyi schüttelt den Kopf. »Davon hast du ja noch nie was gesagt.« Sie kann es gar nicht fassen, dass Johannes sie so überrascht.

»Die Berufsaussichten in Amerika sind nun einmal viel besser«, sagt er. »Aber wahrscheinlich nehmen die mich sowieso nicht. Mein Englisch ist ja nicht so besonders.«

»Nun ja, Englisch kann ich sehr gut«, erinnert ihn Xinyi. »Auf jeden Fall wäre es gut für die Kinder, wenn wir nicht zu häufig umziehen.«

»Es gibt nicht viele Stellen, auf die mein Profil passt«, sagt Johannes. Er verzieht den Mund, als hätte ein unsichtbares Sandpapier sein Gesicht gestreift. »In Rostock habe ich mich auch beworben. Dort winkt sogar eine Professorenstelle auf Lebenszeit. Aber das ist momentan auch schon alles, was in Frage kommt.«

»In Rostock? Liegt das nicht im Osten?« Xinyi erschrickt. Sie erinnert sich noch ganz genau, wie vor zwei Jahren zwei Kinder mit Steinen nach ihr geworfen haben, als sie mal in Ostberlin unterwegs war.

»Es ist eine Hafenstadt, gar nicht so weit von Berlin«, sagt der Ehemann. »Ich bin schon durch die erste Wahl durchgekommen. Vor ein paar Tagen hat mich der Dekan angerufen und meinte, ich hätte eine gute Chance, die Stelle zu kriegen.«

»Ach ja?« Xinyi nimmt einen Schluck Wein und konzentriert sich auf die scharf gebratenen Rindfleischstreifen. Sie hat plötzlich schreckliches Heimweh.

»Würdest du mitkommen, wenn ich die Stelle kriege?«, fragt Johannes und blickt hoffnungsvoll zu Xinyi hinüber.

Xinyi zögert, aber nur ganz kurz. Obwohl sie inzwischen viele Freundinnen in Berlin hat, wo es viele andere Frauen aus Asien gibt, ist sie entschlossen, bei ihrem Mann zu bleiben und an dieser Familie festzuhalten, wenn er eine zufrieden stellende Arbeit findet. »Es ist nicht leicht, eine Stelle als Professor zu finden«, sagt sie leise. »Ich komme mit, egal wo du Arbeit findest.« Sie sagt es in einem so ruhigen Ton, als ginge es um eine Einladung ins Kino.

»Danke«, sagt Johannes und erhebt das Glas. »Dann auf unser neues Zuhause!«

»Auf unsere Kinder!« Sie blickt ihm ins Auge und lässt die Gläser leicht klirren. Wenn er jeden Tag so wäre wie heute, würde sie ihm gern noch ein Kind schenken. Es tut ihr bis heute weh, dass sie ihren großen Kinderwunsch aufgeben musste. Doch einen schönen Tag wie heute erlebt sie an seiner Seite nur selten, daher erstickt sie den halb geweckten Wunsch gleich wieder und verbannt ihn aus ihrem Kopf.

Ein paar Tage später erinnert sich Johannes, dass Xinyi Klavier gespielt hat, als er sie kennen lernte. Er kauft ihr ein Keyboard und ermutigt sie, einen Klavierlehrer zu suchen, um weiter zu lernen.

Auch was die Hausarbeit angeht, ist Johannes sehr um Besserung bemüht. Im Haushalt seiner Eltern hat er sich nie um irgendetwas gekümmert. Er musste immer nur Lernen und gute Noten heimbringen, und auch als er schon studierte, brachte er seine schmutzige Wäsche stets mit nach Hause zu seiner Mutter, um sie dort waschen zu lassen. Jetzt zeigt ihm Xinyi, dass der Gebrauch der Waschmaschine gar nicht so schwer ist. Manchmal räumt er sogar das Geschirr ab.

Tatsächlich sitzt Johannes immer noch die Angst in den Knochen, er könne den abgeschossenen Pfeil nicht zurückholen, wenn Xinyi mal ihre Schwester in Köln besucht. Deshalb lässt er sie immer nur allein fahren und bleibt selbst zu Hause, um auf die Kinder aufzupassen.

Xinyi hat bemerkt, dass er sich verändert. Es scheint, als habe dieser arrogante Mann nun doch noch gelernt, wie man Rücksicht auf andere nimmt. An dem Tag, als sie am Keyboard Mozarts ›Forelle‹ fehlerfrei vorspielt, klatscht Johannes in die Hände und zeigt sich hocherfreut. Er ermutigt sogar die Kinder, die Mutter stürmisch zu beklatschen. Xinyis Augen werden feucht vor Freude.

In dieser Nacht liebkost Johannes seine Frau zärtlich und mit einer neuen Intensität. Nach dem Sex liegt Xinyi mit offenen Augen neben ihrem in Tiefschlaf gefallenen Mann und denkt über ihre Ehe nach.

In letzter Zeit spürt sie, dass eine stetige warme Brise von Johannes zu ihr herüberweht. Es ist ein Sommerwind, der das Feld ihres Herzens erwärmt, und auf diesem Feld steht ihr Liebesbaum. Der Stamm ist immer noch schwarz, aber an den verbrannten Zweigen sind frische grüne Knospen zu sehen. Er wird wieder Blätter tragen.

Hoffentlich kann er uns noch beschützen, denkt sie und küsst ihren Talisman mit dem vom Schwalbenspeichel benetzten Ton, ehe sie einschläft. Und es ist nicht ganz sicher, ob sie den Liebesbaum, ihren Talisman oder den Ehemann meint.

Nachtschwimmen im Rhein

Nachdem der letzte Kellner gegangen ist, blickt Meizhi mit halb geschlossenen Augen zum heraufdämmernden Morgenhimmel und schließt die dekorativ geschnitzte und stark farbig lackierte Eichentür. Sie ist immer noch eine anmutige Frau, obwohl sich einige Falten auf ihrer Stirn eingenistet haben und gar nicht mehr weichen wollen. Während sie den geschmückten Salon durchquert, wo eben noch getanzt worden ist, wirft sie einen Seitenblick auf das lange Sofa, von wo ihr eine erhobene Hand zugewinkt hat und dann herabgefallen ist, als wäre der Faden gerissen.

Meizhi löscht das Licht im Salon und sinnt über die Hand nach, während sie fröstelnd die Treppe hinaufgeht. Sie kommt jedoch nicht darauf, zu welchem Gast sie gehört. Sie schüttelt den Kopf, um jenes unzufriedene Gefühl abzuschütteln, das ihr wohl vertraut ist, das sie aber nicht zu benennen vermag. Ihr ist plötzlich sehr kalt.

Im ersten Stock angekommen, fischt Meizhi den Schlüssel aus einer chinesischen Vase am Fenster und schließt die Tür zum Schlafzimmer auf. Im letzten Jahr ist es einmal vorgekommen, dass nach dem Ende eines ihrer Hausbälle fünf oder sechs Personen kreuz und quer durcheinander in ihrem Bett lagen. Ihr selbst ist damals nichts anderes übrig geblieben, als sich mit einer Bettdecke auf den Boden zu legen, um noch ein wenig zu schlafen. Seither schließt Meizhi vor jeder Party als erstes ihr Schlafzimmer ab. Sie stößt mit dem Fuß die Tür auf, wirft sich ohne das Licht anzumachen aufs Bett – und landet auf einer fremden Person. Es ertönt ein heftiger Schrei. Meizhi rollt erschrocken zur Seite, streckt im Dunkeln die Hand aus und ertastet einen Kopf mit kurzem und borstigem Haar. Sie gibt keinen Laut von sich, sondern zieht geräuschlos ihre Hand wieder zurück.

»Ist das Tanzen zu Ende?« Bruno ist anscheinend gerade aus einem Traum aufgewacht. Er hebt den Kopf und lauscht nach links und rechts, als wisse er gar nicht, wo er sich befindet.

»Die Gäste haben ganz schön wild gefeiert. Ich bin völlig kaputt.« Meizhi niest einmal heftig und zieht ihr Abendkleid aus. Beiläufig hängt sie es über den Bettpfosten, dann wühlt sie sich in das vorübergehend von Bruno besetzte Nest.

»Der Baulöwe und seine Frau sind gegangen?«

»Das fragst du mich? Hast du sie etwa nicht zusammen mit mir zu ihrem Wagen gebracht und ihnen nachgewinkt?«, fragt Meizhi, die ihre Zunge vor Müdigkeit kaum noch rühren kann.

»Richtig, ich erinnere mich.« Bruno reibt sich das Gesicht. Jetzt ist er wieder ganz nüchtern und wach, er richtet sich auf und lehnt sich ans Kopfteil des Bettes. Meizhi rutscht zur Seite, um nicht mit ihm in Berührung zu kommen.

In ihrer Benommenheit hört sie Bruno zwar reden, versteht aber nicht, was er sagt. Die Silben segeln zu ihr herüber und prallen an ihrem Kopf ab. Plötzlich fasst sie eine Hand an der Schulter und rüttelt sie hoch.

»Was hast du gesagt?« Meizhi schlägt das Herz bis zum Hals.

»Ich hab wohl zu viel getrunken.« Bruno schaltet auf seiner Seite die Nachttischlampe ein. »Meizhi, kannst du mir ein Aspirin holen?«

Meizhi hat welche in ihrer Nachttischschublade. Fehlt nur noch das Wasser. Mit geschlossenen Augen und Beinen wie aus Gummi steigt sie aus dem Bett, wirft ihren Morgenmantel über und geht zur Tür hinaus. Im Haus ist es totenstill. Die Gäste, die geblieben sind, scheinen alle zu schlafen. Als sie auf den Flur tritt, hört Meizhi aus dem Gästezimmer, das der Wirtschaftsminister mit seiner dritten Frau nutzt, ein stoßartiges Liebesstöhnen. Als sie die Küche im Erdgeschoss betritt, fallen die ersten zartweißen Strahlen der Morgensonne in ihre sich nicht öffnen wollenden Augen. Sie nimmt eine Flasche Mineralwasser und ein Glas, schleicht dann wieder auf leisen Sohlen nach oben.

Nachdem sich die beiden Tabletten heftig sprudelnd im Wasser aufgelöst haben, drückt Meizhi ihrem Mann das Glas in die Hand. Bruno nimmt es entgegen und sieht sie auf eine höchst wache Art mit glänzenden Augen an. Er scheint ganz und gar nicht unter Kopfweh zu leiden.

Bruno hat seine Frau sehr lange nicht mehr so sorgfältig gemustert. Seit er vor drei Jahren den Vorstandsvorsitz bei der Rheinbau-AG übernommen hat, wird Meizhi das Gefühl nicht los, dass er überhaupt keine

Zeit mehr hat, sie noch anzusehen. Vorsichtig wirft sie ihm einen Blick zu. Hat er etwas mitgekriegt? Er sieht sie noch immer mit diesen beiden hellen Augen und diesem seltsamen Ausdruck an, als erforsche er ihr tiefstes Inneres. Sie schlüpft ins Bett, zieht die Decke hoch und dreht ihm den Rücken zu.

»Meizhi, sag doch, war der Baulöwe zufrieden mit der Geburtstagsparty, die wir für ihn organisiert haben?« Seit Bruno die Medizin getrunken hat, scheint er es gar nicht mehr eilig zu haben, das Licht zu löschen und sich hinzulegen.

»Ja, er war sehr glücklich. Als er mit mir getanzt hat, hat er mir viele Schmeicheleien gesagt.«

»Letztes Jahr hatte gerade die Staatsanwaltschaft seine Büros wegen der Bestechungsgelder durchsucht, da ist er natürlich nicht richtig in Stimmung gekommen. Vor drei Monaten ist die Untersuchung endgültig eingestellt worden, da ist natürlich alles wieder eitel Sonnenschein.«

Aus Meizhis Kehle kommt kein Ton.

»Wenn er sich amüsiert hat, ist es ja gut. Dann wird er, wenn es so weit ist, seine Aufträge sicher an uns vergeben. Meizhi, findest du nicht auch, dass wir Deutschen das Spiel mit den Beziehungen fast genauso gut spielen wie ihr Chinesen?«

Meizhi atmet so regelmäßig, als ob sie schon schliefe.

Bruno lässt sich in das Bettennest gleiten und schmiegt sich an sie. Sein runder Bauch drängt sich an ihren Rücken, seine Hand sucht ihre Hand. Meizhi rafft sich ein wenig auf und öffnet die Augen.

»Sind deine Kopfschmerzen besser geworden?«, fragt sie.

Bruno gibt einen indifferenten Kehllaut von sich. Er schiebt ihr den Oberschenkel zwischen die Beine und steckt ihr die Nasenspitze zwischen die Schulterblätter. Der warme Atem kitzelt so, dass sie sich wegdreht. Sie legt eine Hand auf ihre Schulter, um den sensiblen Halsbereich zu schützen.

»Wer ist eigentlich der Kerl gewesen, der die ganze Zeit mit dir getanzt hat? Ich glaube, du hast ihn mir nicht vorgestellt, oder?«

Meizhi starrt eine Weile leer vor sich hin. Jetzt ist ihr klar, weshalb ihr Mann sie vorhin so prüfend angesehen hat. Dennoch fragt sie: »Viele haben mit mir getanzt. Welcher denn?«

»Der schlaksige Typ, der so ein merkwürdiges Gesicht mit tief liegenden Augen hat.«

»Oh! Das ist Simon, der Kabarettist. Erinnerst du dich nicht? Du hast ihn doch selber eingeladen, als wir neulich im Kabarett waren. Da hast du vor Lachen gebrüllt, dass die Gläser fast vom Tisch gefallen sind. Besonders bei der Szene mit dem Politiker, der sich bestechen lässt und es ums Verrecken nicht zugeben will. Nach der Vorstellung hast du ihm die Hand geschüttelt, hast du das etwa vergessen?«

»Ah, war das der, der auch die alte Frau gespielt hat? Sehr witzig, sehr originell.« In Brunos Stimme schwingt ein verächtlicher Unterton mit.

Meizhi atmet ganz leicht, gibt Bruno durch einen leichten Druck auf sein Knie zu verstehen, dass er sein Bein zurückziehen soll.

Bruno gibt sie frei und legt sich flach hin. Warmes gelbes Licht erfüllt das Schlafzimmer, in dem es für eine Weile ganz still wird. Zum Schluss ist es doch Bruno, der die Stille bricht: »Wo habt ihr euch denn später versteckt?«

Er wartet eine Weile, hört keine Antwort, stößt Meizhi sanft mit dem Knie. Sie wendet ihm das Gesicht zu und öffnet die Augen eins nach dem anderen. Ihre großen Augen gleichen Murmeln, die gerade aus einer anderen Welt herübergerollt sind. »Kannst du nicht einschlafen?«, flüstert sie undeutlich.

»Auf jeden Fall sind es nicht die Kopfschmerzen. Irgendwie liege ich nicht bequem.« Bruno dreht sich zur Seite und jammert ein bisschen. »Meizhi, ich glaube, du musst mich massieren, sonst kann ich nicht einschlafen.« Er dreht sich um und streckt ihr den Rücken entgegen. Meizhi hat keine Kraft in den Armen, aber dann richtet sie sich doch auf, setzt sich neben Bruno hin und beginnt ihn zu massieren. Allerdings gelingt es ihr nicht, die Augen dabei offen zu halten.

Bruno stöhnt zufrieden vor sich hin und reckt ihr die angeblich schmerzenden Stellen entgegen. Es hört sich an wie beim Liebesspiel.

»Wo hat dich dieser Simon eigentlich hingebracht?«, schießt Bruno plötzlich eine neue Frage ab.

»Nirgendwohin. Du bist es, der mit seiner Geliebten spurlos verschwunden ist und mich alleine zurückgelassen hat, um sich im Tanzsaal um den Baulöwen zu kümmern.«

»Glaub doch nicht, ich wäre so dumm und wüsste nicht, was passiert ist. Er hat ganz dicht bei dir gestanden und du hast ihn von Kopf bis Fuß zärtlich angesehen. Ich bin dann kurz in den Weinkeller gegangen, und als ich zurückkam, habe ich euch beide nicht mehr gesehen. Wenn mir jemand in der Firma so mitspielen würde, dann hätte ich ihm schon längst eins reingewürgt.«

»Du hast gesagt, du würdest deine Geliebte nicht ins Haus holen. Wieso hast du es dann doch getan? Wohin sollte ich mich denn stellen als Gastgeberin? Wenn ich nicht mit anderen gelacht hätte, wie hätte ich dann die Blamage auf meinem Gesicht verheimlichen sollen?« Meizhi zieht ihre Hände zurück und reibt sich die entblößten Arme. Ihre schwarze Unterwäsche lässt ihre Haut im Lampenschein wie dünnes weißes Papier schimmern.

Bruno ist einen Augenblick lang verlegen. Doch dieser Mann, der es gewohnt ist, Manager zu sein, fasst sich rasch wieder. »Ich habe sie auch nicht allzu lange bleiben lassen. Du hast gewiss gesehen, dass sie nach ein paar Tänzen wieder gegangen ist. Ah, drück noch mal unter dem Schulterblatt!«

»Von wegen! Ihr habt euch noch stundenlang im Gästehaus drüben herumgetrieben, dann erst ist sie gegangen.« Meizhis Handfläche presst sich auf den Rücken ihres Mannes. »Ich weiß nicht, was du mit ihr machst, wenn du mit ihr unterwegs bist. Ich frage auch nicht danach. Aber jetzt bringst du sie hier ins Haus, treibst es mit ihr vor meinen Augen. Ich bin doch nicht blind, wo soll ich denn hinschauen? Jeder Zentimeter des großen Saals trägt jetzt ihre Fußspuren. Ich will es ja vergessen, aber es gelingt mir nicht. Warum hast du sie hierher mitgebracht? Jetzt wissen alle Bescheid, wie kann ich jetzt noch als deine Ehefrau mit dir auftreten?«

»Mach doch bitte aus einer Mücke keinen Elefanten. Ihr Schauspieler müsst immer so übertreiben. Sie war eine von über hundert Gästen und ich habe sie auch nicht über Gebühr bevorzugt. Wo sollen die Leute da etwas bemerkt haben?«

»Ich hab sie doch tuscheln hören.« Meizhi hört mit der Massage auf und beißt sich auf die Lippen. Ein trockenes Schluchzen geht durch ihren Körper. »Ich muss wohl auch hier im Ausland noch schauspielern. Ich muss so tun, als ob mein Ehemann nicht von einer anderen geraubt worden wäre.«

»Ach, sie hat doch nur einmal sehen wollen, wie mein Zuhause aussieht. Ich habe sie nur mit hinüber ins Gästehaus genommen, um ihr die Zimmer zu zeigen. Sie wird nicht mehr wiederkommen.« Bruno setzt sich auf und legt seiner Frau eine Hand um die Hüfte.

Meizhi weicht zurück und schüttelt seine Hand ab, aber Bruno zieht sie mit allmählichem Krafteinsatz zu sich heran, bis ihre Gesichter fast zusammenstoßen. Meizhi sieht durch einen Tränenschleier, wie seine Augen sie anstrahlen. Sie sind wie ein Scheinwerferpaar, diese Augen. Damals, zwanzig Jahre zuvor, auf dieser Party in Shanghai, hat Bruno sie mit genau diesem leuchtenden Augenpaar, das damals noch etwas Jungenhaftes an sich hatte, angestrahlt und für sich gewonnen. Sie erinnert sich wie heute an seinen sehr konzentrierten Blick und daran, wie ihr das Blut ins Gesicht geschossen und sie errötet ist. Da Bruno kein Chinesisch konnte, hat Meizhi sich mit ihm in ihrem gebrochenen Englisch unterhalten. Sie hat gespannt zugehört, als er ihr äußerst geistreich von zahlreichen ausländischen Dingen erzählte, von denen sie noch nie etwas gehört hatte. Als ihr klar wurde, dass der junge Mann, der gerade sein Studium abgeschlossen hatte, lediglich nach China gekommen war, um einige Freunde von der Uni zu besuchen und ein wenig zu reisen, war sie ein bisschen enttäuscht. Bruno hat diesen Ausdruck bemerkt und sie sofort gefragt, ob sie Zeit und Lust habe, ihm Shanghai zu zeigen. So verbrachten sie sieben glücklichen Tage zusammen, dann musste Bruno die Heimreise antreten.

Damals hat es Meizhi zwar in keiner Weise an Verehrern gemangelt, doch Bruno war Ausländer. Seine Augen besaßen ein leuchtendes Hellgrau, das es bei Chinesen nicht gibt. Jenen vornehmen und aufmerksamen Ausdruck, mit dem er sie damals angeschaut hat, hatte sie zuvor nie gesehen, und dieses lebendige, aus der Fremde gekommene Augenpaar hat die in ihrem Herzen verborgene Sehnsucht nach fremden Ländern geweckt. Nach einem Jahr hat sie ihre eben begonnene Karriere als Schauspielerin abgebrochen und Shanghai verlassen. Sie hat Bruno geheiratet und ist mit ihm nach Deutschland gegangen. Die Bühne hat sie nie wieder betreten. Nach drei Jahren in Deutschland ist sie Mutter geworden. Ihr Sohn ist inzwischen erwachsen und studiert in den USA. Meizhi hat einen Frauenkultursalon gegründet und ist damit bekannt geworden.

Heute, nach all den Jahren, erscheinen ihr Brunos helle Augen wie zwei gefühllose Spiegel, die ihre Verblühtheit und ihre Alterung widerspiegeln. Sie streckt die Hände aus und hält sie vor ihr tränennasses Gesicht.

»Wenn du das nächste Mal eine Party für deine Geschäftsfreunde veranstaltest, dann lass doch deine Geliebte die Gastgeberin spielen.« Meizhi verschwimmt es vor Augen, auf ihren Wimpern haften Tränen. Sie dreht ihr Gesicht zur Seite, um Bruno nicht ansehen zu müssen.

»Ich werde sie auf keinen Fall die Gastgeberin spielen lassen. Darüber mach dir keine Sorgen. Sag mir jetzt, wo du denn heute Nacht zwischen zwei und drei wirklich warst.«

»Deswegen bist du in mein Bett gekommen?«

»Darüber reden wir später. Beantworte mir erst meine Frage.«

»In den letzten Monaten bist du kaum einmal bei mir gewesen, da hättest du heute Nacht auch nicht kommen müssen.«

»Weich nicht immer aus. Beantworte mir meine Frage. Es wird ja schon hell draußen.« Bruno ergreift ihre Arme und rüttelt sie sanft, aber bestimmt. Sie spürt die Willenskraft, die von seinen Händen ausgeht.

»Wohin kann ich denn schon gehen? Der Raum, den du mir lässt, ist nicht gerade groß. Ich bin in den Garten gegangen. Ich bin weinen gegangen.«

»Und dieser Clown hat neben dir gestanden und dich weinen gesehen?«

»Welcher Clown? Von welchem Clown redest du?«

»Na, dieser Possenschauspieler. Wie heißt er doch gleich?«

»Du meinst Simon? Der ist doch kein Clown. Ein Kabarettist und ein Clown, das sind doch zwei ganz verschiedene Dinge.«

»Du weißt genau, wen ich meine. Sag einfach nur, ob er bei dir war oder nicht.«

Meizhi schweigt eine Weile. Schließlich sagt sie: »Simon ist plötzlich neben mir aufgetaucht.«

»Hat er dich weinen sehen?«

Meizhi nickt leicht mit dem Kopf.

»Wie kannst du nur so unbedacht sein? Das hast du

wirklich toll hingekriegt. In ein paar Tagen wird er uns in einen seiner Sketche aufnehmen. Was hat er danach mit dir gemacht?«

»Er hat mir Witze erzählt, um mich abzulenken. Er hat einen nach dem anderen erzählt, bis ich gar nicht mehr weiter weinen konnte. Da habe ich ihn gebeten, keine Witze mehr zu erzählen.«

»Meizhi, du musst die Wahrheit erzählen. Ich bin im Garten gewesen und habe eine große Runde gedreht. Es kann nicht sein, dass ich zwei Erwachsene zusammen übersehen habe.«

Meizhis Müdigkeit ist auf einmal wie weggeflogen. Sie fixiert ihren Mann wie ein Lämmchen den Schlachter. Sie möchte unbedingt wissen, ob Bruno ihnen nun gefolgt ist oder nicht, doch sie kann es an seinem Gesicht nicht erkennen. Vorsichtshalber entschließt sie sich zu einem weiteren kleinen Geständnis: »Später hat Simon gesagt, wir sollten ein wenig spazieren gehen.«

»Und wo seid ihr hingegangen?«

»Durch das Wäldchen zum Rheinufer.«

»Aha. Jetzt erzähl endlich alles. Ich krieg es ja doch raus. Was habt ihr gemacht?«

Meizhis Stimme ist jetzt kaum noch zu hören. »Mitten in der Nacht war es dort ganz still«, flüstert sie. »Der Mond schien aufs Wasser, es sah aus wie ein großer gefrorener Spiegel. Mir war noch ganz heiß und trocken. Ich bin über die Wiese und den Sand gerannt und ins Wasser gestiegen. Als das Wasser meinen Körper kühlte, hab ich mich gleich besser gefühlt. Simon hat mich dreimal gerufen, aber ich wollte einfach nicht wieder herauskommen. Ich fühlte mich im Wasser besser aufgehoben als hier zu Hause.«

»Was hast du dir dabei bloß gedacht?«, sagt Bruno halb erschrocken, halb wütend.

»Ich habe an überhaupt nichts gedacht, ich wollte mich bloß von der Strömung davontragen lassen.«

»Und was hat der Clown gemacht?«, fragt Bruno misstrauisch.

»Als Simon gesehen hat, wie ich immer weiter weggetrieben bin, hat er wohl gedacht, ich wolle sterben, und ist in den Fluss gesprungen, um mich ans Ufer zu ziehen.«

»Wie kannst du dir nur solchen Unsinn erlauben! Jetzt kann er daraus einen Skandal machen und mich ruinieren. Vielleicht steht es morgen schon in der BILD-Zeitung!« Dann fällt Bruno noch etwas anderes ein. »Sag mal, hast du dich etwa ganz ausgezogen vor ihm?«

Meizhi antwortet nicht auf die Frage, die ihr Mann ihr gestellt hat, sondern ist in ihre eigenen Gedanken versunken: »Simon war sehr aufgeregt und ist so heftig durchs Wasser gepflügt, dass er eine Menge Wasser geschluckt hat. Ich habe mich ziemlich erschreckt und bin gleich ans Ufer geschwommen. Erst als er auch wieder an Land kam, war ich beruhigt ...«

Bruno unterbricht die Erzählung seiner Frau. »Sag mir einfach, ob du nackt geschwommen bist oder nicht?«

»Mein Kleid habe ich ausgezogen, aber die Unterwäsche nicht.«

»Dieser Clown, du brauchst nichts zu sagen, ich weiß auch so, dass er splitterfasernackt ins Wasser gesprungen ist.«

Meizhi schließt die Augen und schweigt. Sie will sich wieder hinlegen, doch ihr Mann lässt es nicht zu.

»Wo hat er dich zuerst geküsst?«, fragt Bruno aus heiterem Himmel.

Sie zittert eine Spur. »Wo denkst du nur hin?« Ihre Stimme ist voller Gekränktheit. »So leicht zu haben bin ich nun wirklich nicht. Außerdem bin ich mindestens zehn Jahre älter als er. Er hatte nur Mitleid mit mir, wollte nicht, dass ich ertrinke. Warum sollte er mich da küssen?«

»Warum versuchst du nur, ihn zu schützen? Diese Schauspieler wissen doch alle nicht, was sich gehört.«

»Ich bin auch Schauspielerin«, sagt Meizhi wehmütig. »Zumindest war ich mal eine.«

»Ich habe nicht von dir gesprochen. Du bist mit diesen Leuten nicht zu vergleichen.« Brunos Augen richten sich drohend auf die neben ihm sitzende Ehefrau. »Aber du willst mir doch nicht weismachen, dass der Kerl dich überhaupt nicht angefasst hat.«

Meizhi starrt eine Weile vor sich hin. Endlich hat sie begriffen, dass ihr Mann die Szene am Rhein auf gar keinen Fall beobachtet hat. »Er hat seine Hand mal auf meine Schulter gelegt, auf dem Rückweg. Ich nehme an, er wollte mir ein wenig Trost spenden. Aber das war dann auch alles«, antwortet sie mit ausgeglichener Stimme.

Bruno blickt die Frau prüfend an. »Das erklärt aber nicht, warum du so verändert warst, als du zurückgekommen bist. Sogar der Baulöwe hat gesagt, er habe dich noch nie so wild tanzen sehen.«

»Als ich im Wasser war, habe ich endlich ein Problem für mich geklärt. Bis dahin habe ich immer gedacht, dass ich meinen Mann mit einer anderen Frau teile. Doch als deine Geliebte zu uns ins Haus gekommen ist, habe ich begriffen, dass ich lediglich das Geld mit einer anderen Frau teile. Die Liebe meines Mannes gehört mir schon längst nicht mehr. Wie sollte ich da noch fürchten, im Rhein zu ertrinken? Vielleicht wäre mein Mann sogar froh darüber. Weil ich das alles endlich zu Ende gedacht hatte, habe ich dann um mein Leben getanzt.« Meizhi wirft sich aufs Bett und fängt an zu schluchzen.

Ihr Mann legt sich neben sie, umarmt sie und küsst sie auf die Schläfe. »Meizhi, wieso denkst du solchen Unsinn?« Er fährt mit der Hand ins Haar. »In letzter Zeit neigst du dazu, dir regelrecht etwas zusammenzufantasieren. In all den Jahren der Mühsal haben wir uns nicht getrennt. So viele Jahre bist du meine Stütze gewesen, und ich war dein Mann. Warum sollten wir uns jetzt trennen?«

»Wenn ich meiner Familie in China erzählen würde, dass ich manchmal mit meinem Mann sogar noch in einem Bett schlafe, aber schon seit vier oder fünf Jahren keine sexuellen Beziehungen mehr mit ihm habe, würde mir das niemand glauben. Auch von meinen Freunden würde das keiner glauben, und selbst, wenn es jemand glaubte, würde er es nicht verstehen.«

»Du bist es doch gewesen, die im Bett frostig geworden ist«, sagt Bruno. Er lässt Meizhi los und sagt zweideutig. »Wie dem auch sei, die alten Rechnungen sind ohnehin nicht mehr zu begleichen. Es ist besser, sie ruhen zu lassen. Aber du wirst ab sofort nicht mehr mit diesem Komödianten verkehren. Hast du mich verstanden?«

»Glaubst du etwa, dass alle Männer so sind wie du und überall das Territorium von anderen erobern wollen? Es gibt auch andere Männer.« Meizhi dreht sich auf die Seite und wischt sich die Tränen ab.

»Schauspieler sind extrem gefährlich. Du darfst keinen Umgang mit dieser Art Künstlern pflegen. Die Leute mögen dich und wollen dich unbedingt zu allen möglichen Aktivitäten hinzuziehen. Ich denke, du kennst den Grund dafür nur allzu gut. Aber wenn böse Gerüchte entstehen, schadet uns das erheblich. Das kann uns die Existenz kosten.«

Meizhi unterdrückt ein Gähnen und zieht die Bettdecke bis zum Hals hoch: »Ich weiß nur, dass du mich zur Witwe gemacht hast und mir zugleich verbieten willst, jemand anderen auch nur anzusehen. Ach, reden wir nicht mehr davon. Lass uns schlafen. Ich bin todmüde.«

Bruno ist jetzt hellwach und will nicht mehr schlafen. Er reibt sich das Kinn und schaut in alle vier Ecken des Zimmers. Hat nicht früher auf Meizhis Nachttisch immer ein Foto von ihm gestanden? Wo ist es geblieben? Er dreht den Kopf und betrachtet seine schlafende Frau. Er entdeckt auf einmal, dass unter ihrem schwarzen Haar einige weiße Strähnen hervorlugen. Eigentlich ist sie noch gar nicht so alt, denkt er. Mehr als drei Jahre jünger als er, hat sie doch im letzten Jahr gerade erst ihren fünfundvierzigsten Geburtstag gefeiert. Außerdem hat im letzten Jahr auch das neue Millennium begonnen, so dass die Gratulanten besonders zahlreich waren. Als Gastgeberin ist sie eine blendende Erscheinung, und Bruno weiß, wie sehr er davon profitiert.

Plötzlich wird ihm bewusst, dass dieser Simon ja auch bei Meizhis Geburtstagsfeier gewesen ist. Wieso ist ihm das bloß nicht früher schon aufgefallen? Der Kerl muss sich förmlich versteckt haben. Und doch erinnert sich Bruno an eine Szene, als Simons Hungerleidergesicht sich in der Bibliothek über eine der Vitrinen mit alten Drucken gebeugt hat. Als er daran denkt, spitzt Bruno die Lippen, wie immer, wenn er wütend und misstrauisch ist. Er greift nach einer Zigarette und mustert erneut das Gesicht seiner Frau, während er sein Gedächtnis durchforstet.

Bei dieser Suche entdeckt er bald neue undeutliche Spuren: Vor fünf oder sechs Jahren hat seine Frau an einem Tisch voller Gäste schon einmal von einem amüsanten politischen Kabarettisten gesprochen, der angeblich den Kanzler noch tiefgründiger darstellen könne als dieser selbst. Später, vor drei oder vier Jahren, hat Meizhi den Mann dann persönlich kennen gelernt und ist deswegen eine ganze Zeit lang sehr aufgeregt gewesen. Später hat sie, ohne besonderen Grund, plötzlich nur noch sehr selten von ihm gesprochen. Eigentlich ist das besonders verdächtig. Warum sollte ihr Interesse so plötzlich verschwunden sein? Die Zweifel beginnen plötzlich in Brunos Schädel zu dröhnen.

Er steigt leise aus dem Bett, tritt vor das Bücherregal und betrachtet die Fotos der Filmstars, die Meizhi dort aufgestellt hat. Nein, nichts. Vorsichtshalber dreht er die Fotos sogar noch um, und tatsächlich: Hinter einem großen Porträt von Madonna steckt ein kleines Foto von Simon. Sogar mit Autogramm! Bruno ballt wütend die linke Faust. Leise stellt er das Foto zurück ins Regal, legt sich wieder ins Bett und raucht die Zigarette zu Ende, dann hat er eine Entscheidung gefällt.

»Meizhi!«

Sie hustet einmal und zeigt damit, dass sie wach ist.

»Meizhi!«, ruft Bruno erneut. Er streicht über das Haar seiner Frau. Ihr ist es, als fahre ein Stromstoß durch ihren ganzen Körper, und sie erzittert unwillkürlich.

»Meizhi, ich möchte noch etwas Wein trinken. Hol mir den roten Bordeaux.« Ihr Mann spricht in jenem befehlenden Ton, der keinen Widerspruch duldet.

Meizhi steht auf, hustet noch einmal und geht lautlos die Treppe hinunter. Sie bewegt sich, als fehlten ihr alle Knochen. Haut und Fleisch scheinen keinerlei Stütze zu haben. Tastend begibt sie sich in den Weinkeller und bringt zwei Flaschen französischen Rotwein nach oben.

Die Terrassentür steht offen, die Strahlen der Morgensonne scheinen gemächlich herein. Bald wird die Haushälterin mit ihren guten Geistern das Frühstück servieren. Meizhi möchte sich nicht jetzt schon um ihre Gäste kümmern und geht leise die Treppe wieder hinauf. Nachdem sie Bruno den Wein eingeschenkt hat, legt sie sich wieder hin. Einschlafen kann sie allerdings nicht mehr.

Bruno nippt den Wein in kleinen Schlucken. An der Seite des Fenstervorhangs aus edlem, schwerem Samt vorbei fällt ein Sonnenstrahl auf Meizhis Frisiertisch. Dort glitzert die Diamantenkette, die sie gestern beim Tanzen getragen hat. Bruno weiß, dass sie gerne Halsketten trägt. Damals, in China, war eine Kette das erste Geschenk, das er ihr gemacht hat. Sie waren damals in China noch selten, aber Meizhi hat sie gern angenommen, und seither sind diese Ketten zum besonderen Zeichen ihrer Beziehung geworden. Noch heute steht auf ihrem Frisiertisch ein Foto, das sie als Theaterschauspielerin mit einer Perlenkette um den Hals zeigt. Die

Schönheit auf dem Foto hat ein volles Gesicht und wirkt edel, elegant und verführerisch. Bruno betrachtet die abgemagerte Meizhi neben sich und findet, dass es sich bei der Person auf dem Foto und der Person auf dem Bett um zwei völlig verschiedene Menschen handelt. Er steckt sich eine weitere Zigarette an. Nach einer Weile ist das ganze Schlafzimmer voll Rauch.

»Meizhi«, sagt Bruno, »am nächsten Wochenende habe ich Zeit. Lade Simon ein, ich will im Rhein mit ihm schwimmen.«

Schwimmen ist Brunos Lieblingsspektakel. Das hat er seinem Vorbild Mao Zedong abgeschaut. Einmal im Jahr lädt er seine Geschäftsfreunde zum Sommerfest ein, und der Höhepunkt der Feier ist das kollektive Schwimmen im Rhein. Jedes Mal ist es Bruno, der am weitesten schwimmt. Einmal ist er sogar im Winter auf die verrückte Idee gekommen, mit einigen Freunden hinunter zum Rhein zu gehen. Die Freunde haben sich alle nicht ins Wasser getraut, nur Bruno ist über eine halbe Stunde geschwommen. Diese Geschichte wurde zu einer Legende, und Bruno erhielt deswegen den Spitznamen »Der Bär im Rhein«. Dass Meizhi Schwimmen gelernt hat, verdankt sie ebenfalls nur ihrem Mann.

Eins ist jedenfalls klar: Bei einem Wettschwimmen ist Simon kein Gegner für Bruno. Schon beim Gedanken daran überläuft Meizhi ein Frösteln. Sie hebt den Kopf und sieht ihren Mann ein wenig nervös an: »Du hast gerade gesagt, ich soll den Kontakt zu ihm einstellen. Wieso jetzt diese Kehrtwendung?«

»Frag ihn einfach, wann er nächstes Wochenende Zeit hat! Sag ihm, ich möchte allein mit ihm schwimmen gehen.«

»Ich weiß nicht, ob Simon Zeit hat. Gerade am Wochenende hat er viele Auftritte. Und selbst wenn er Zeit hat, wer sagt denn, dass er überhaupt dazu Lust hat?«

»Du wirst ihn schon überreden. Nach dem Schwimmen laden wir ihn zum Essen ein.«

»Ist das nicht ein bisschen ungewöhnlich? Der Vorstandsvorsitzende der ›Rheinbau‹ mit einem Schauspieler? Warum willst du ihn denn plötzlich sehen?«

»Meine Frau ist ja seit Jahren seine gute Freundin und Anhängerin, da sollte ich doch auch mit ihm Freundschaft schließen.«

Meizhi wirft ihrem Mann einen verstohlenen Blick zu. Sie hat schreckliche Angst, aber ihr Gehirn ist wie gelähmt. Mit aller Kraft versucht sie, nach außen hin ruhig zu bleiben. »Was hast du denn? Ich sehe mir halt seine Vorstellungen einfach gern an. Wenn es dich stört, höre ich auf damit.«

»Schau in meinen Terminkalender und mach einen Termin mit ihm aus. Ich werde ihn schon gut behandeln.«

»Ja«, sagt Meizhi tonlos. Ihr Gesicht ist sehr bleich. Sie weiß, dass Bruno etwas Entsetzliches plant. Er wird Simon demütigen, ja, vielleicht sogar umbringen. Sie steigt hastig aus dem Bett, als ob sie dringend Wasser lassen müsse, zieht sich den Morgenmantel über und verschwindet im Badezimmer. Auf der Toilette bleibt sie lange sitzen, während ihr Hirn fieberhaft nach einer Gegenstrategie sucht. Doch in ihrem Kopf herrscht nur eine einzige große Leere.

Auf jeden Fall will sie nicht mehr ins Schlafzimmer, will sich nicht auf das Bett legen, das von ihrem Mann okkupiert wird. Sie lässt die Badewanne voll Wasser laufen und legt sich hinein. Die Strahlen der Morgensonne fallen gerade durch das Deckenfenster und beleuchten ihren Körper. Das lauwarme Wasser entspannt sie. Wenig später ist sie eingeschlafen.

Ein lautes Schnauben lässt sie aufwachen. Als sie die Augen aufschlägt, sieht sie Bruno vor der Badewanne stehen, der sie mit einem bösen Blick mustert. Sie erzittert am ganzen Körper. Sie erkennt Zweifel und Misstrauen in seinen Augen.

»Das Bett steht immer noch im Schlafzimmer«, sagt er mit grober Stimme. »Komm raus da!« Bruno richtet sich auf, tritt vor die Toilette und lässt mit gespreizten Beinen im Stehen sein Wasser. Die Sonnenstrahlen haben die Wanne verlassen.

Als das laute Rauschen der Wasserspülung verklungen ist, steigt Meizhi aus der Wanne und streift den Bademantel über. Sie tritt vor den großen Spiegel und bürstet ihr Haar. Bruno tritt ebenfalls vor den Spiegel und wäscht sich die Hände. Ihre Blicke treffen sich im Spiegel.

Bruno erkennt zwischen den Augenbrauen seiner Frau noch immer einen gewissen Liebreiz, der die Schönheit und Ausgelassenheit ihrer Jugend verrät. Doch die Mundwinkel, die einst die Menschen gerührt haben, werden schon von Resignation und stetigem leichtem Groll nach unten gezogen. Die Haut am Hals zeigt erste Falten.

Auch Meizhi sieht ihn im Spiegel. Bruno hat die Augenbrauen zusammengezogen, sein Blick ist trotzig und starr. Es scheint, als ob die gegnerischen Truppen Reißaus nehmen müssten, ganz gleich, wohin er sein Heer führt. Sein Gesicht zeigt Gesundheit und Frische, sein

Körper ist hart. Im Vergleich dazu ist sie schwach und verletzlich. Ihr Körper ist gezeichnet vom Unglück der Jahre. Die nicht zu übersehende Ungleichheit zwischen ihnen macht Meizhi wütend.

Unvermittelt hebt sie den schweren vergoldeten Kamm und schleudert ihn mit aller Kraft in den Spiegel. Die Wirkung ist nicht allzu groß. Es kracht und der Kamm fällt herunter. Erst beim genauen Hinsehen erkennt man den Sprung, der den Spiegel von oben nach unten zerteilt. Die beiden Köpfe stehen jetzt irgendwie schräg zueinander.

Bruno sieht Meizhi finster an: »Du solltest wirklich mal einen Psychiater aufsuchen. Letztes Mal hast du beim Fasching Wein auf die Gäste gegossen und ihre Kostüme ruiniert. Gut, man hat es als Übermut ausgelegt und freundlich gelacht. Aber das ist noch gar nicht so lange her, schon schmeißt du den Spiegel in Scherben.«

»Ich will nicht zu einem Psychiater. Ich will verreisen. Allein. Nach Südamerika oder nach Afrika. Ich bin erschöpft und muss eine Weile allein sein.«

»Am besten würdest du eine Kur machen. Ganz gleich, was es kostet. Jedenfalls solltest du nicht zu lange wegbleiben. Du weißt ja, wenn du nicht da bist, geht bei mir alles drunter und drüber.« Während sich Bruno rasiert, beobachtet er seine Frau aus den Augenwinkeln im Spiegel. »Wenn heute Nachmittag der Mann aus Taiwan kommt, lass bitte das Gartenhaus für uns herrichten. Nach dem Abendessen geh bitte mit den anderen Gästen ein wenig am Fluss spazieren. Ich werde Lin Qiu ins Gartenhäuschen ziehen und dort mit ihm reden. Es ist nicht gerade leicht, mit diesen Taiwanesen fertig zu werden, und ich werde wohl eine ganze Weile brauchen.«

Meizhi hat gerade den Kopf gesenkt und trocknet ihr Haar. Ihr Herz ist voller Unruhe und ein Gefühl der Sinnlosigkeit des Lebens steigt in ihr auf. »Ich will nicht zur Kur. Ich will einfach nur weg«, sagt sie trotzig.

Bruno mustert seine Frau wortlos. Soll er sie bestrafen? Schließlich entscheidet er sich dafür, nachzugeben. »Also gut, warum besuchst du nicht unseren Sohn? Ich muss auch bald in die USA, dann kannst du ein paar Wochen lang dort bleiben.«

»Danke.« Meizhi fühlt sich ein wenig besser, wirft erst jetzt ihr Haar nach hinten und zeigt ihr Gesicht. »Morgen kommen doch keine Gäste, oder?«

»Morgen habe ich ein Treffen mit dem Staatssekretär. Wenn der Taiwanese gegangen ist, muss ich nach Berlin. Am Abend komme ich nicht zurück. Bitte vergiss nicht, dass ich übermorgen den Bankier Schlegel aus Frankfurt zum Abendessen mitbringe.«

»Ich weiß.«

Im Laufe ihrer Unterhaltung hat Bruno sein Haar gekämmt und sich parfümiert. »Ich glaube, einige von unseren Gästen sind aufgestanden. Du solltest besser hinuntergehen und dich ein wenig um sie kümmern. Ich bin im Arbeitszimmer und erledige noch ein paar Anrufe. Sorg bitte dafür, dass mich niemand stört.« Nachdem er seine Anweisungen erteilt hat, geht Bruno hinaus, ohne noch einmal den Kopf zu wenden. Als er die Tür öffnet, tönen Stimmen von unten herauf.

Meizhi schließt die Tür, kehrt dem Spiegel den Rücken und lässt die Gedanken schweifen. Sie braucht nicht einmal die Augen zu schließen, um sich die Szene von letzter Nacht in Erinnerung rufen zu können: Im Wasser, wo ihr der Rhein bis zu den Ohren reicht, kommt Simon von hinten heran und hält sie mit einem Arm fest: »Meizhi, schwimmen Sie nicht ins Tiefe!«

Meizhi schüttelt ihn ab und schwimmt weiter zu den dunklen Stellen, wo das Wasser ganz schwarz und unruhig ist.

Wieder kommt Simon heran. Er verlangt nicht weiter von ihr, ins seichte Wasser zu schwimmen, sondern umfasst ihre Hüfte und lässt sich mit ihr von der Strömung davontragen. »Nehmen Sie es sich nicht so zu Herzen, Meizhi. Es wird wieder gut.«

»Für meinen Mann habe ich mein Herz völlig erschöpft. Aber er macht mir das Leben zur Qual.« Sie schwimmt mit kräftigen Zügen und die Tränen rinnen ihr aus den Augen.

»Meizhi!« Simons Stimme lässt in der Mondnacht Rosen erblühen. Ihr Herz erbebt und sie schluckt eine Ladung Wasser. »Warum kehren Sie nicht ins Theater zurück?«

Meizhi traut ihren Ohren nicht. »Ich habe seit Jahrzehnten nicht mehr gespielt und meine Kunst ist schon seit langem verwelkt. Wer sollte mich denn noch engagieren?«

»Aber meine verehrte Meizhi, Sie sind doch eine geborene Schauspielerin. Die Haltung, mit der Sie die Gäste empfangen, ist doch eine fantastische Vorstellung. Ihr Lächeln, die Art, wie Sie sich bewegen ... Jemand, der so talentiert ist, sollte unbedingt auf die Bühne zurückkehren.«

Meizhi lässt sich stumm treiben. Ihre Gedanken kreisen immer noch um ihren Mann. In China gibt es ein

Sprichwort: Eine gute Frau heiratet nicht zwei Männer, ein gutes Pferd trägt nicht zwei Sättel. Aber kann sie ihr derzeitiges Leben noch als normal bezeichnen? Meizhi kann nicht mehr an sich halten und seufzt: »Warum muss ich unbedingt eine ›gute Frau‹ sein?«

Simon und sie schwimmen schweigend nebeneinander. Dabei spürt Meizhi plötzlich, dass Simon sie streichelt. Sie wendet mit einer Körperdrehung und beginnt wieder stromaufwärts zu schwimmen. Simon bleibt bei ihr. »Meizhi, du bist eine sehr schöne Frau. Seit ich dich zum ersten Mal gesehen habe, habe ich immer an dich gedacht. Ich glaube, ich liebe dich.« Simon lässt ihr keine Zeit zum Überlegen, er umfasst sie, berührt mit seinen nassen Lippen die ihren. Sie weiß weder aus noch ein und dreht schließlich, viel zu spät, den Kopf zur Seite. Doch Simon hält sie an den Achseln fest und lässt sie nicht davonschwimmen. Sie schüttelt seine Hand nicht noch einmal ab.

»Liebste, halte dich an meinem Hals fest«, fleht Simon. Er scheint Grund gefunden zu haben, steht auf den Füßen und hält sie fest. Gleichzeitig wogen seine Liebkosungen wie Wellen über sie hin. Nachdem Simon sie zehnmal geküsst hat, erwidert Meizhi seinen Kuss. Im Nu sind sie im Wasser eng ineinander verklammert, drehen sich ständig. Es ist, als fülle sich ein lange Zeit leer stehender, weiter Raum unversehens mit lachender Fröhlichkeit. Meizhi beginnt laut und glücklich zu seufzen. In der Stille der Mondnacht trägt dieser Laut sehr, sehr weit.

Dann kehren sie langsam ans Ufer zurück. Erst als sie in den beleuchteten Bereich kommen, löst Meizhi ihre Hand aus Simons Hand.

Die Erinnerung lässt in Meizhi neue Sehnsucht erwachen. Es ist so gut, ein Geheimnis zu haben, das man nur mit dem Himmel, dem Mond und dem Rhein teilt. Woher nur weiß Bruno das alles? Und jetzt will er Simon treffen. Vielleicht will er ihn gar nicht ermorden? Nein, wahrscheinlich wird er ihn bloß irgendwie demütigen wollen, um auf diese Weise das Gefühl zwischen ihr und Simon zu töten. Das darf sie nicht zulassen.

Von Zeit zu Zeit dringen die Stimmen der Unterhaltung der Gäste von unten herauf und auch das Geräusch des Verrückens von Tischen und Stühlen ist zu vernehmen. Meizhi beginnt mechanisch mit dem Auftragen von Puder auf ihr Gesicht. Nach kurzer Zeit jedoch hat sie das Schminken vergessen und starrt in den Spiegel. Sie schließt die Augen, lässt ihre langen, schlanken Finger über ihr Gesicht, ihren Hals und ihre Brust gleiten. Je weiter ihre Finger nach unten gleiten, desto stärker wird das Verlangen ihrer Haut nach Berührung. Plötzlich wird ihr bewusst, dass sie sich seit über einem Jahr nicht mehr selbst getröstet hat.

Als sie die Augen wieder öffnet, hat Meizhi nur einen einzigen Wunsch: Sie muss das Treffen zwischen ihrem Mann und Simon verhindern. Diesmal wird sie Bruno nicht helfen. Sie wird einfach nicht da sein. Dann wird Simon nicht zu ihnen nach Hause kommen und ihr Mann kann ihn nicht bestrafen. Richtig, Weggehen wird schon bei Sun Zi als gute Strategie aufgelistet.

Nachdem Meizhi sich umgezogen hat, öffnet sie die Badezimmertür und geht langsam nach unten. Sie hat sich entschieden. Sie wird nicht erst in einem Monat, sondern schon morgen aufbrechen. Als sie bis zu diesem Punkt gedacht hat, hellt ihre Miene sich auf.

Als sie schon auf der Treppe steht, hört sie in ihrem Schlafzimmer das Telefon klingeln. Sie winkt den Gästen unten nachlässig zu, dreht sich um und geht ins Schlafzimmer zurück. Als sie den Hörer aufnimmt, beginnt sie zu zittern. Es ist Simon, der Mann, der sie gestern Nacht in den Armen gehalten hat.

»Meizhi, hör zu«, sagt er aufgeregt. »Ich habe eine passende Rolle für dich! In Düsseldorf wird jetzt ...«

»Das wird leider nicht gehen«, sagt sie mit kühler Stimme. »Ich fliege morgen in die USA.«

Nachwort

Wenn Sie als Leser oder Leserin meine früheren auf Deutsch verfassten Bücher gelesen haben und nun diesen Erzählband in der Hand halten, stellen sie sich vielleicht die Frage, wieso dieses Buch aus dem Chinesischen übersetzt worden ist und warum ich die Übersetzung nicht selbst gemacht habe. Um diese Frage zu beantworten, muss ich etwas weiter ausholen.

Ich bin in der Volksrepublik China geboren und aufgewachsen. Als ich 1990 nach Deutschland kam, konnte ich auf der Straße noch keinen einzigen Satz verstehen. Es ist daher nicht verwunderlich, dass ich meine ersten Texte in chinesischer Sprache verfasste. Im Frühjahr 2000 hatte ich zwölf Erzählungen fertig. Darin versuchte ich, den chinesischen Lesern und Leserinnen das Leben in Deutschland zu schildern. ›Nachtschwimmen im Rhein‹ war der Titel dieses Projekts. Aber einen Verlag in China dafür zu finden, war ziemlich schwierig. Zwei literarische Zeitschriften Chinas veröffentlichten jeweils eine Geschichte, aber da ich keinen großen Elan bei der Verlagssuche zeigte, wollte es mit der Publikation des ganzen Buches nicht klappen.

Das hinderte mich aber nicht daran, weiterzuschreiben. Inzwischen hatte ich zehn Jahre in Deutschland gelebt, und ich beschloss, mein zweites Buch in deutscher Sprache zu schreiben. Im Winter 2003 war ich dann so weit, dass ich meiner literarischen Agentin den Erzählband ›Du fliegst jetzt für meinen Sohn aus dem fünften Stock!‹ anbieten konnte.

Die rasche Entscheidung des Deutschen Taschenbuch Verlags für dieses Projekt und die Veröffentlichung von ›Du fliegst jetzt für meinen Sohn aus dem fünften Stock!‹ im März 2005 wirkten wie eine Befreiung auf mich. Es war, als würde eine unsichtbare Tür in mir aufgestoßen, und auf einmal sah ich, dass ein anderer Weg vor mir lag. Ein Weg, dessen Pflastersteine aus deutschen Wörtern gemacht sind.

Ich stürzte mich sofort auf das nächste Projekt. Diesmal wollte ich einen Roman schreiben. Das wurde von vielen Seiten auch sehr unterstützt, und die Arbeit ging mir gut von der Hand. Aber der Hinweis, ich hätte einen ersten Erzählband in chinesischer Sprache geschrieben, hatte bei vielen Leserinnen und Lesern Interesse und Neugier geweckt. 2005, als ich schon tief in meinem Roman ›Die chinesische Delegation‹ steckte, fragte mich der Verlag, ob ich nicht eine Auswahl mit chinesisch-deutschen Liebesgeschichten aus dem ersten Band treffen könne?

Ich wählte fünf Geschichten aus und aktualisierte sie auf Chinesisch. Doch als ich die erste Geschichte ins Deutsche zu übersetzen versuchte, merkte ich, dass ich in einem Dilemma steckte.

Chinesisch ist eine bildhafte Sprache. Die Kultur, die Denkweise, die Umgangsprache – alles ist anders als in Europa. Oft sagen Chinesen Sätze, die man auf Deutsch so nicht sagt und mit denen man ganz missverstanden wird. Wenn man bei der Übersetzung dem Originaltext treu bleiben möchte, läuft man Gefahr, in der Zielsprache lauter richtige Sätze, aber keinen lesbaren Text vorzulegen. Für mich kam deshalb nur eins in Betracht: Ich musste den chinesischen Text aus dem Kopf verdrängen, um dieselbe Geschichte frei auf Deutsch erzählen zu können.

Schriftsteller, die parallel zwei oder sogar drei Bücher schreiben können, beneide ich. Da der Himmel mir diese Begabung nicht in die Wiege gelegt hat, musste ich mich für eine andere Vorgehensweise entscheiden. Ich bat den Verlag, einen Übersetzer für die Erzählungen zu engagieren.

Als der Sinologe Axel Kassing diese Aufgabe übernahm, atmete ich erleichtert auf. Wir kennen uns seit einigen Jahren, und seine Redegabe hat mich schon früh überzeugt, dass er über ein feines Sprachgefühl verfügt. Bei meinem ersten deutschen Buch ›Du fliegst …‹ hatte er mir mit einigen guten Korrekturvorschlägen geholfen. Nun, nachdem er innerhalb eines halben Jahres seine Übersetzung geliefert hatte, wurde ich seine erste Leserin. Auf den ersten Blick stellte ich fest, dass es eine gut gelungene Arbeit war.

Im Herbst 2006 schloss ich meinen Roman ›Die chinesische Delegation‹ ab, und danach war ich wieder frei. Ich begann, ›Nachtschwimmen im Rhein‹ zu überarbeiten.

Dabei fiel mir unweigerlich eine Menge ein, wie ich die Geschichten knapper und spannender erzählen könnte. Ich kürzte hier und verlängerte dort, fügte eine Reihe neuer Motive hinzu und änderte einmal sogar den Grundton der ganzen Geschichte. Als ich fertig war, stellte ich fest, dass die neue deutsche Version stark vom chinesischen Original abwich. Aber ich gebe zu: Die Geschichten gefallen mir jetzt besser als vorher.

Luo Lingyuan
Berlin, Juni 2007